AF435907

El Mausoleo de Umiee

Sombras del Imperio I

SANDRO RASET

A los que perdieron mil batallas

en toda época y lugar.

A los perdedores del mundo,

a esos que sueño con verlos triunfar.

Índice

Prologo

-¿Qué hay en la caja?

El almacén de la "Venganza Veloz" permanece completamente a oscuras. Solo están él y la capitana, y aquella enorme caja de madera oscura. No puede evitar tocarla, y al hacerlo, puede sentir el frío que desprende. ¿Qué contiene? ¿Qué clase de objeto o arma puede hacer que la temperatura del enorme almacén de aquella nave mercante descienda de forma tan exagerada?

-Creo que es mejor no saberlo.- murmura la Capitana Norga, sin apartar la mirada del enorme recipiente oscuro que los mantiene ocupado.

La mujer no parece tener más de treinta años, aunque cuando bebe (y siempre suele hacerlo) arruga el rostro y se añade otros diez más a la espalda. Es flacucha, demasiado larga. No hay nada que estilice su mirada huraña.

-¿Sabes al menos quien lo envía?- Siempre ha estado a su lado. Siempre. Incluso sin saber que hay en esa caja, sabe que apoya a su capitana.

-La rebelión Morg, la rebelión.

-Sabes que hay rebeliones y rebeliones Norga. ¿Estás segura de que esta vez no estás apostando al caballo equivocado?

-Es la única opción que tenemos hijo. Debemos llegar a Juno 8X150 antes de que acabe el mes.- lo que viene a continuación lo dice susurrando. Morg no sabe si porque no quiere que nadie dentro de la nave lo escuche, o quizá porque el mismo frío, ese magnetismo helado y extraño de la caja oscura, consigue que se estremezca aquella mujer que nunca ha dudado ante nada.- Al parecer… Si no lo hacemos…

-¿Consecuencias?

La Capitana Norga no necesita responder. Morg lo entiende. El joven asiático la mira, preocupado. Lo que sea que llevan en la nave no aguantará más de un mes sin el tratamiento de personal especializado. O quizá sin él...

-¿Van a guerrear?- es la única pregunta que se le ocurre.

-Morg, la guerra empezó hace mucho tiempo.

Capítulo 1

$\mathbf{N}$o hay nada delante de él. Tiene el camino despejado y salta. Da un salto tan grande que siente que las piernas le arden. Sabe que no es así. No hay manera de que eso sea real. Todas las sensaciones que experimenta las produce el simulador. Pero de todas formas, joder, es demasiado real. Bajo sus pies, la lava arde, y cuando una de las pistolas —esa era de las caras, joder, joder, joder— cae de sus bolsillos, escucha como el metal crepita deshaciéndose en el fuego.

-Estamos muy jodidos...- murmura a Urtak, que lo mira y asiente. Insiste en no usar emuladores de voz, ni siquiera allí.

Su amigo, enorme incluso en aquella realidad virtual, le señala una posible ruta de escape. Tras ello, los chicos de Plutón los persiguen.

-Creo que no tenemos otra opción amigo mío, si la palmamos, ha sido un honor robarles todas sus armas a esos amigables hijos de puta del escuadrón de Plutón.

Urtak pone los ojos en blanco, y lo llama exagerando con sus manos. ¿Cuántas veces va a tener que decirle que no suelte las armas mientras están siendo acechados por un grupo de psicópatas a los que acaban de estafar?

El joven, grande por naturaleza, hace que sea irónico verlo balancearse de un lado a otro. Sus ojos azules y su pelo rubio, hacen que su rostro de niño inocente no parezca tener nada que ver con su enorme cuerpo y su barba.

Vuelve a centrarse en la ruta de escape. Un camino pequeño, estrecho, a través del volcán. La lava tan cerca de sus pies que podrán sentir el calor. Si alguna de sus pertenencias cae, las perderán para siempre. Y luego irán hacia arriba en busca de objetos aun más valiosos. ¿La otra alternativa? Enfrentarse ellos dos solos a esos matones, y que tras molerlos a palos se queden con todo. Lo que era suyo y lo que no. Era. Porque nunca volverán a ver sus preciosos objetos.

-¡Vamos! ¡Ahora o nunca!

A su grito, saltan los dos. El calor le abrasa un poco cuando el bajo de sus pantalones da contra la lava y pulveriza parte de la prenda. "Menos mal que es a prueba de quemaduras…" piensa mientras se asegura de no haber perdido nada en el salto.

-Bien, todo controlado.

Luego pone el modo automático. Marcha por el borde de un volcán para poder entrar en lo que parece un agujero que atraviesa la montaña, aunque no lo parezca, es una acción sencilla. De esas que si gastas demasiada energía y concentración en ellas, puedes acabar cayendo a la lava y muriendo, con todo lo que ello significa. Así que Malcon se decide por lo que mejor sabe hacer, relajarse y hablar.

-Creo que voy a tirarme a Neah. Estoy seguro de que puedo conseguirlo tío. Seguro.- comienza a decirle a su amigo.

Utark no puede evitarlo y estalla en una carcajada. Gesticula con las manos: Ni en tus mejores sueños, campeón.

-Bueno, que el tonto de Morg no lo haya conseguido no quiere decir que no pueda hacerlo yo.- su voz suena burlona.

Su amigo vuelve a gesticular: Es lesbiana. Idiota.

-Minucias.- responde con una sonrisa.

Sabe que es verdad. Que ni él, ni mucho menos Morg, por más que se le note desesperada e irremediablemente enamorado de ella, van a conseguir ser algo más que amigos. Y está bien. La chica está de buen ver y es simpática. Amigas así no vienen mal, salvo si te levantan el ligue, como parece no dejar de hacer.

Claro, las otras opciones en muchos, muchos años luz a la redonda son: La Capitana Norga (antes se pegaría un tiro), Cynthia (antes le pegaría un tiro) y Marie. No tiene ningún razonamiento por el que no deba intentarlo con Marie, pero ya está pillada, y él no es esa clase de amigo. Ya se lo podría agradecer Neah siendo un poco menos lesbiana.

Perdido en sus pensamientos, acaba por finalizar de cruzar el desfiladero de la muerte (así termina de titularlo en su cabeza y no piensa cambiarlo), y consiguen meterse dentro de la pequeña y estrecha cueva. Allí es donde guarda silencio. Si los chicos de Plutón lo encuentran, todo el esfuerzo habrá sido para nada. Y no es que no les tenga cariño, pero su despedida ya ha sido más que amistosa.

Cuando el final de la cueva se asoma ante ellos no puede evitar sonreír.

-¡Lo hemos conseguido! ¡Sí! ¡Qué os den, capullos!- grita de alegría, antes de que la mano de su amigo lo sujete con cautela.

Solo hace un gesto: Plutón.

-Mierda… ¿Cómo lo han conseguido?

Busca entre sus objetos algo lo suficientemente poderoso como para enfrentarlos, pero tiene tan lleno el inventario que tarda demasiado. Entonces lo ve. "Localizador Plutón".

-¡Por qué llevamos un maldito localizador! ¡Utark! ¡¿Desde cuándo robamos localizadores?!

Pero Utark no tiene tiempo de responder. Inmediatamente después de la palabra "localizadores", comienzan a resonar los disparos. Los láseres atraviesan la maleza de la selva en la que se encuentran entre gritos de "¡Cogedlos!" y "¡No escaparan!".

-Amigo. Es hora de sacar la armería pesada.- susurra Malcon mientras saca el lanza granadas que les ha robado.- Te juro que si pierdo a mi pequeño lacinetor voy a llorar, así que, más te vale pelear bien.

La batalla empieza antes de que se den cuenta. Cuando quiere intentar lanzar la primera granada, la flecha de su despechada ex novia (del juego, en la realidad nunca saldría con una mujer tan mala y despechada), atraviesa el brazo de Utark.

-¡No!- grita Malcon, mientras apunta con el enorme cacharro hacia la mujer que recarga la siguiente flecha en el arco.- ¡Vas a pagar por esto!

La granada sale disparada. Por desgracia, la joven da un salto, la sujeta entre las manos, y la lanza contra Malcon.

-Excelente jugada querida, excelente jugada.

La pantalla queda en negro. Bueno, todo se queda en negro. Al menos para ellos dos.

-Joder colega, lo teníamos todo y ahora no tenemos nada. Habrá que empezar desde el principio.

Siente a Utark en la oscuridad, haciendo gestos con sus manos.

-Tío, que no te veo. Que no hay luz. Usa el maldito emulador por una vez.

Pero la voz que sigue a continuación no es de ningún emulador. Le cuesta entenderlo. Cuando ve el resplandor, y la escucha, tarda unos minutos en comprender que está pasando.

-¿Utark?- pregunta, sin obtener respuesta.

El sonido parece como de una interferencia. Una voz que intenta decir algo, que no consigue sonar coherente entre ruidos de una máquina que se niega a registrar su mensaje. Finalmente, cuando se acerca, la ve.

Es una chica. Tiene la nariz afilada, y unos ojos marrones que parecen atravesarle desde el holograma. Lleva puesto un camisón blanco semitransparente, que la "cubre" hasta los pies, y tiene el rostro lastimado. ¿Es parte del juego? ¿Una misión? Imposible. Están desconectados. ¿Entonces?

-Por favor, si alguien escucha este mensaje, os necesitamos. El Imperathor lo ha devastado todo. No podemos escapar. Estamos atrapados.

¿El Imperator? ¿No significa eso…?

-El emperador…- murmura Malcon en su idioma.

-Os necesitamos. Necesitamos ayuda… Yo…- la chica se detiene, y mira hacia atrás.- Yo os necesito. Él nunca dejará que me vaya. Y llevo… Demasiado tiempo aquí. Por favor.- tras volver a mirar a sus lados, la voz de la joven se convierte en un susurro.- venid a ayudarme…

Luego todo vuelve a quedarse en negro, y Malcon siente en su cuerpo una mezcla de rabia y emoción. ¿Una chica hermosa que necesita su ayuda? ¿Y el maldito emperador está en medio de todo aquello?

Cuando se quita el sistema de realidad virtual, y ve a Utark sin su casco, mirándolo extrañado y sin comprender nada de lo que ha pasado, hace una larga pausa y finalmente sonríe.

-Utark, parece que tenemos una misión más importante.

Capítulo 2

-𝕿ienes que hacerme caso Norga.- susurra Malcon cuando se quedan a solas.- A ti más que a nadie en esta nave te interesa ir a ver qué sabe esa chica. Y salvarla.

Malcon la mira con un rostro serio. Es delgado, con el pelo castaño, y al lado de Utark casi parece enano. No es que sea especialmente bajito. Pero al lado de su amigo… Su traje, siempre planchado y limpio, reluce con las luces de la nave.

-Si algo he aprendido en todos estos años como TÚ CAPITANA- su voz se crispa cuando dice esas palabras.- es que nunca, bajo ningún concepto, tengo que creerme nada que tú me digas. Y por cierto, Capitana Norga para ti.

La Capitana está sentada sobre una especie de trono improvisado que guarda en la sala de mando. Está en alto, lejos de la mirada de los demás. En el cuadro de mando, Shadow pulsa obediente sobre el teclado. En absoluto silencio. "El único pringado que se toma en serio la autoridad de esta borrachuza".

-Norga… En serio. Te prometo que esta vez no es mentira. ¿Cuándo te he mentido yo a ti?

-¡¿Cuándo?! ¡Oh, por dios! Shadow, ¿Cuándo nos ha mentido Malcon a alguno, y mucho menos a mí?

El joven suelta una risita sin apartar la mirada del controlador, y sube las gafas que se resbalan de sus ojos. Tiene el rostro delgado, casi enfermizo. Unas grandes ojeras asoman bajo sus lentes. "¿Por qué todos en esta nave insisten en rehuir de la tecnología?", se pregunta Malcon sin levantar la mirada de él.

En parte porque es curioso cómo puede trabajar tan concentrado cuando tiene a una capitana histérica gritando por toda la habitación, y en parte porque no quiere enfrentarse al rostro severo de la misma.

-Pues dime una sola vez.- insiste cuando se atreve a mirarla.

-Cuando me prometiste que tu contacto era de fiar y que no iban a desplumarlos y acabamos teniendo que comprar por piezas la Venganza Veloz.- La Capitana Norga se sienta sobre la silla (¿Trono? ¿Silla de mando? ¿Silla grande y con extraños decorados como si fuera súper peligrosa?)

-Vale. Sí. Me equivoqué. Pero es la única vez que…

-Cuando me prometiste y perjuraste que en aquel…- calla un insulto en un repentino ataque de decencia que solo es posible cuando su índice de alcohol en sangre aún no supera el 0,10%.- planeta no estaba habitado, que no había ningún peligro a pesar de las múltiples amenazas que nos dieron y…

-¡Mis fuentes eran fiables! ¡No es mi culpa que fuera una panda de hombres topos!- rechista Malcon, sinceramente indignado por aquella trampa de recriminaciones en la que se ha metido.

-¡Hombres topos armados hasta los dientes Malcon! ¡Por poco no lo contamos!- La Capitana Norga tiene que sujetarse a los lados de su ¿trono?, para no arrancarle la cara de un bocado.

-Vale. Vale. Pero dime una sola vez que fuera culpa mía, y no de la gavilla de traidores asquerosos que me rodea.- murmura Malcon, intentando recuperar la calma.

-Quizá valga esa vez que le robaste a la capitana la botella de aquel licor tan caro que consiguió en su tierra natal y que después te bebiste en…

-¡Nadie está hablando contigo Shadow!- lo manda a callar tan rápido como puede. ¿Es que quiere que lo maten?

-Ajá… Sigue hablando Shadow, es una orden. Que le hizo este desgraciado a mi botella de Galactic Vodka. ¡Dijiste que no habías sido tú Malcon! ¡Lo juraste y perjuraste! ¡No nos desviaremos ni un solo centímetro de la ruta, no seguiré tu pista de mierda y cuando entreguemos este paquete te juro que voy a descontar de tu sueldo mi botella de Galactic y te voy a mandar de una patada al seno del imperio para que el emperador en persona pueda hacerse un real sobrero con tus pelotas! Y ahora, ¡Lárgate de la sala de mando!

La única respuesta que se le ocurre a Malcon no ayuda. En serio, no ayudaría en absoluto. Ni si quiera quiere pensarla después de la tremenda bronca que le han echado.

Malcon se agacha sutilmente y hace una reverencia cargada de ironía, para luego salir a paso rápido de la sala y dar un portazo que apenas insonoriza el grito de la Capitana Norga.

No es la primera vez que plantea cosas ridículamente peligrosas. -¡Te juro que lo mato! ¡Te juro por todos los astros que lo mato y lo entierro yo misma en el puñetero infierno!

Utark lo espera fuera, sonriendo mientras juguetea con lo que parece ser un cuchillo de cocina. Cuando lo ve viniendo gesticula:

"Te dije que no iba a salir bien. ¿Qué has hecho para conseguir semejantes decibelios?"

-Nada, nada. Plan B. Tenemos que hablar con Marie.

Su amigo le llama apretando su hombro con lo que él cree que es delicadeza. La imagen del pequeño y delgado Malcon siendo zarandeado por el increíblemente grande Utark debe ser todo un espectáculo para el ojo ajeno. Cuando lo mira, vuelve a hablar con sus manos:

"No deberías. Déjalo, o va a acabar por cumplir sus amenazas y no quiero ver a nadie con un sombrero de tus pelotas. Es suficiente con verlas en la ducha."

El hombre gigante se ríe, con gestos escandalosos y sonido inexistente. Malcon tiene que contenerse la rabia que le produce ser incapaz de aguantar la risa cuando ve a Utark reír de aquella manera.

-Ya, ya. Pero tú la has visto. Si alguien hay fuera… si nos necesita… Si alguien ha pasado por la mitad que nosotros por el emperador...- Malcon intenta recuperar el paso, pero Utark vuelve a detenerlo para que lo mire.

"Sabes que no dijo emperador." Lo siguiente tiene que deletrearlo, porque no es su lengua. "Imperathor. Dijo Im pe ra thor".

-Sí. Está bien. Dijo Imperathor. Pero yo, que soy el único de los dos que tiene el título de intérprete, sé que eso significa emperador en alguna lengua.- insiste Malcon.

"¿Ah sí? ¿En qué lengua, noble caballero titulado?" sonríe Utark con sus labios grandes y sus dientes blancos.

-No lo sé. Pero es emperador. Además, no pienso discutir esto contigo. Me voy a ver a Marie. Si quieres venir, vienes, y si no, no pienso escucharte más.- Malcon se tapa los ojos y se da la vuelta.

Es perfectamente consciente de que su amigo podría tomarlo en los aires e impedirle moverse de aquel lugar si así lo quisiera, pero a decir verdad no conoce a nadie más bueno que a Utark. También sabe que sin sus locas ideas y aventuras, la vida de aquel hombretón sería aburrida hasta la saciedad, por lo que tras gesticular algo a sus espaldas, seguramente algún insulto, lo sigue. Finalmente siempre lo sigue.

Todas las habitaciones de la nave son exactamente iguales, o por lo menos parecen serlo. Camas blancas, paredes metálicas, un diminuto compartimento que hace las veces de armario y una pequeña mesa donde puedes dejar tus pocos vienes a la vista de todo el que quiera entrar en tu habitación.

La de Marie, está siempre vacía. Buscarla allí es como buscar una estrella en medio del universo. Allá donde miras hay miles de cosas de ella, pero ninguna es ella. Salvo que seas tan listo como Malcon, y observes con cautela a tu presa. Entonces sabes que siempre está en su taller haciendo algún experimento raro, a veces acompañada por Morg.

-Te dije que estaría acá.- le dice Malcon a Urtak cuando entran en el desordenado taller y la ven con su bata blanca, quemada en los bordes, inmersa en tuercas y aceite de motor.

"Todo el mundo sabe dónde encontrar a Marie, presumido", ríe como respuesta.

Tras dedicarle una mirada de resentimiento sutil a su mejor amigo, Malcon avanza al interior de la sala y se presenta ante Marie que aún tarda unos largos minutos en percibirlos. La joven, que parece ser incapaz de llevar otra prenda que no sea su bata de laboratorio, siempre llena de aceite de motor y de restos metálicos, se arregla su escaso pelo hacia la derecha, dejando ver aquella extraña pero seductora cicatriz.

-¡Ah! ¡Malcon!- la chica parece sorprendida, asustada.- ¡Me has asustado! Pero hombre, ¿Cuánto llevas ahí?

-¿Por ti?- pregunta apoyándose en una de las mesitas metálicas de la sala.- Por ti esperaría toda una vida.- sonríe intentando sonar lo menos baboso posible. No lo logra. Esa cicatriz y la bata que muestra demasiado son una dupla fuerte.

-Baboso.- la voz sale de la puerta, y puede sentir las respiraciones agitadas de Utark sin parar de reír.- Hola preciosa.- Neah se acerca a ella y le da un beso suave sobre los labios.

En su defensa, diré que dijo que no se la quitaba porque era buen amigo, no que no fuera un baboso. Neah también es guapa. Tiene el pelo castaño, largo y rizado, y un rostro de haber conocido tantas calles como naves. Es la más atractiva de todas las mujeres de la nave.

-Neah, queridísima amiga.- sonríe incorporándose de la mesita.- ¿No tienes trabajo que hacer? ¿Ese pirado de Shadow no os deja tocar los mandos ni un ratito?

-Es mi hora del almuerzo, imbécil.- le dedica una sonrisa divertida.- ¿Qué haces tú por aquí? ¿No habrás venido a molestar a mi chica?

La joven aludida vuelve a estar perdida en las tuercas de lo que parece ser una rueda demasiado pequeña para cualquier vehículo conocido.

-¿A ella? ¿Molestarla? ¿Hay especie humana o aliení- gena capaz de perturbar a nuestra querida Marie?- sonríe Malcon, mientras golpea con cuidado la mesa justo al lado del lugar donde trabaja la inmutable Marie.

-¿Yo? ¿Qué?- la chica vuelve en sí cuando su novia le da un golpecito algo más fuerte en el hombro.- ¡Ah! ¡Sí! ¡Malcon! ¿Qué necesitas?

-Bueno, creo que lo que os traigo, os va a gustar a ambas. Y no solo porque la chica esté súper buena.

Capítulo 3

𝕿odas y cada una de las pantallas de la nave se encienden al mismo tiempo. Tras un segundo de una imagen borrosa, la figura de una joven de altura media, nariz afilada y ojos castaños llenos de miedo y cansancio, altera la paz de la tripulación.

"Por favor, si alguien escucha este mensaje, os necesitamos. El Imperathor lo ha devastado todo. No podemos escapar. Estamos atrapados. Os necesitamos. Necesitamos ayuda… Yo…- la chica se detiene, y mira hacia atrás.- Yo os necesito. Él nunca dejará que me vaya. Y llevo… Demasiado tiempo aquí. Por favor.- tras volver a mirar a sus lados, la voz de la joven se convierte en un susurro.- venid a ayudarme…"

Lo que ocurre a continuación rompe el silencio absoluto en el que se han sumido los tripulantes durante el breve periodo de tiempo que dura la grabación, y antes de que la Capitana Norga sea capaz de reaccionar, de darse cuenta de lo que está sucediendo, el comedor de la nave ruge.

-¿Qué es eso? ¿Quién es?- Cynthia es la primera en preguntar, dando un paso adelante.- ¿Qué es esto Capitana?

Otra que no suele hablar. La reservada joven, interviene con su voz de pito. Es extraño que de tanto miedo, y sin embargo sea tan pequeña. Es bajita, pero muy fuerte. Y tiene un ojo de cada color. El marrón, el más oscuro, es el que usa para apuntar. Y nunca falla. Eso puedes tenerlo por seguro.

-Está claro que es alguien que necesita ayuda.- esta vez es Ryder el que se impone ante las voces alarmadas de sus compañeros.

Que él lo apoye tiene gran importancia, pues suele permanecer siempre callado. Tiene la piel rojiza, y el pelo aún más rojo. En sus ojos, tan oscuros como la noche, parece solo haber pupilas. Es el único no-humano de la tripulación. Su opinión tiene peso en el grupo.

-Creo que no le queda otra que hablar, capitana.- Shadow aparece tras ella, dejando la nave en piloto automático, detenida en medio del espacio, rodeados de soles y planetas.

-Hijo de…- la Capitana Norga necesita cerrar los ojos un segundo, luego los abre.

"De acuerdo. Antes de matar. De asesinar cruelmente al maldito hijo de perra de Malcon, será mejor que calmemos la situación. No te dejes llevar por la ira. Mantén la calma. Debes ser clara. No podemos desviarnos. No cuando…"

-Todos calmados. Lo que habéis visto es una manipulación de…- comienza a decir, con ganas de escupir su nombre como si fuera veneno. "Maldita víbora…"

-¡No es una manipulación!- es la voz de Marie, a sus espaldas. La que faltaba. -Malcon me ha dado su video juego y he extraído personalmente la grabación. He rastreado su ubicación.- La joven lleva entre las manos una especie de aparato electrónico con una pantalla pequeña. Tecnología antigua, pero eficaz.- Procede de Plutón 4X94.

-¿Plutón 4X94?- aquella ubicación hace que los ojos de la Capitana Norga se abran. Que toda su piel se erice. Que sienta como su sangre vuelve a arder, a quemar...- ¿Estás segura Marie? ¿Estás segura de que no te has equivocado? Ese planeta...- no es capaz de decirlo. No es capaz.

-Está desolado. Ese planeta no tiene vida humana desde hace mucho, mucho tiempo.- El señor Ki, que hasta ese momento había pasado desapercibido, parece despertar de su eterna siesta.- Lo destruyeron. La contaminación y...

-Sabes que no es verdad.- La Capitana Norga aprieta los puños con fuerzas.

"¿Qué hago? Plutón 4X94. Y esa palabra... ¿Podría Malcon tener razón? ¿Ese hijo de... Tendrá razón por primera vez en su vida?"

-Es lo que dicen los informes.- Ki sonríe, con esa capacidad de insinuar todo sin decir nada que solo al edad confiere. La edad, o la malicia, y todos sospechan que a aquel anciano hombre le sobran de ambas.

-¿Qué vas a hacer?- solo escucha su voz, la de Morg.- ¿Qué vamos a hacer Norga? Ya sabes que...

-Sí. Lo sé.- La caja negra. Juno 8X150. Un mes. Y si no...- Lo sé. No podemos desviar el rumbo. Tenemos trabajo que hacer.- Las palabras le arden en la garganta. Es Plutón 4X94. Es…

-No.- Malcon vuelve a hablar, lleva callado desde la trasmisión. Extraño en él.- Sabes que no puedes hacer eso. Sea quien sea esa chica, necesita ayuda. La está pidiendo. ¡Por dios Norga! ¡Imperathor! ¡Esos significa Emperador! ¡Y está en Plutón 4X94! ¿Qué más pruebas necesitas?

-¡Malcon! Esta es una nave mercante, no una maldita nave de guerra, ni una nave rebelde. Si el emperador ha...- no es capaz de decirlo. No puede callar su rabia, su ira. La rabia ya no es contra nadie en esa nave, la rabia es ahora más profunda y mucho más lejana. Gracias a los astros, Morg está allí con ella.

-No es asunto nuestro lo que haga o no haga el imperio Malcon. Lo sabes. lo mira con tanta seriedad… Cada día da gracias por haber encontrado a aquel adolescente irritante en aquella taberna de mala muerte.

-No me importa. No me importa una mierda que seáis una panda de...- Malcon cierra los ojos, quizá ¿pensando? Sería raro en él.- No me importa. Hay una persona, que nos está pidiendo ayuda. Es evidente que le ha costado mucho esfuerzo encontrarnos. ¡Lo habéis visto! Quizá nunca vuelva a ser capaz de comunicarse con nadie. Era una emisión de un solo destino, Marie lo sabe. No es una grabación que se repite. ¿Y vais a ignorarla? Si muere, quedará sobre la conciencia de todos los que estamos aquí. Yo no pienso cargar con eso. Ya he visto suficientes muertes para una vida entera. O para varias.

-¿Y qué piensas hacer Malcon?- inquiere la Capitana Norga, quizá con más ganas de que la convenza que de lo contrario.

-Si no queréis ir a por ella, iré yo. Cogeré un caza y…

-No irás solo.- Ryder lo interrumpe.- Yo también voy.

-También he visto suficientes muertes…- es Cynthia quien se levanta.- Yo también voy.

Utark sonríe pegado en la pared. "No pienso quedarme sin mi trofeo de feria. Yo voy."

-Y yo.- Marie da un paso adelante.

-Yo también, claro.- Neah sujeta la mano de la chica.

-¿Neah? Tú…- Morg mira a la Capitana Norga.- ¿Capitana?

-Sí. Lo sé Morg. No será necesario. Nadie va a robarme un puñetero caza.- La mujer se pasa las manos entre el pelo, y da un largo suspiro.- Shadow, pon rumbo a Plutón 4X94. Este maldito hijo de perra tiene razón.

La Capitana Norga da la vuelta y deja tras de sí a su tripulación. Antes de desaparecer por la puerta que lleva a la sala de mandos, se detiene.

-Un día. 24 horas y estamos fuera. Ni un solo minuto más. El que no esté en la nave, se queda en tierra.

Capítulo 4

-Capitana.- Neah interrumpe el silencio espectral que se ha apoderado de la sala de mandos cuando ven aquella nebulosa oscura.- Esto no lo esperábamos.

Todas las pantallas se iluminan en un color rojo oscuro. La cámara de aterrizaje muestra una atmosfera sombría, llena de una especie de humo negro, espeso, que no deja ver a más de veinte metros de distancia. Los datos indican que continúan a 50 kilómetros de la superficie. Cuanto más descienda, más difícil será ver.

No es esto lo que esperaban. No saben si quedan restos de estructuras, de satélites que debieran estar en órbita cuando aquel planeta estaba vivo, de naves que hayan fracasado antes en lo que ellos intentan hacer ahora. Un posible campo lleno de obstáculos, y sin ninguna visibilidad. Cuando Norga se acerca a ellos para ver la situación, Shadow ha subido sus gafas desde el final de su nariz unas cinco veces al menos. Está nervioso, es innegable.

-Ya veo, ya veo...- murmura la Capitana Norga, cuando la joven Neah le enseña lo que los radares señalan.- ¿Qué es?

-No lo sabemos.- responde Ryder.- El escáner no consigue analizar las muestras. Para hacer un aterrizaje seguro deberíamos parar, investigar qué clase de residuo es, si hay algún método de despejar el camino. O al menos intentar conocer que obstáculos podemos encontrar en el camino.

-¿Cuánto tiempo nos costaría?- la capitana los mira, seria.

-Solo tomar las muestras de forma correcta y sin exponer a nadie puede costarnos... ocho horas.

-Ocho horas...- murmura Norga.

-No podríamos aterrizar antes de 20 horas.- Neah termina el informe.

-¿Shadow?

El joven está sobre el cuadro de mandos, observando los parámetros. Sabe que deben estar en Juno 8X150 antes de que el mes acabe. Sabe que no pueden abandonar a aquella chica. Sabe que necesita aterrizar en menos de 20 horas. En menos de ocho. En menos de una. Son solo 50 kilómetros. Sabe cuántas cosas pueden ocurrir en 50 kilómetros. Cuántos obstáculos desconocidos pueden aparecer de repente, a solo veinte metros de ellos, sin visibilidad, en una nave tan grande que…

-Los cazas.-murmura Shadow.- No necesitamos bajar la nave. Basta con usar los cazas. Puedo subiros a uno y…- Calcula el peso. Eso ralentizará a la pequeña nave. Perderá capacidad de maniobra. El vehículo está preparado para transportar a cinco personas. Y aun así. – Estaríamos en tierra firme en dos horas. Máximo.

-¿En un caza? Shadow no hay visibilidad y…

-Es la única opción. Si descendemos ahora con la Venganza Veloz, y en cien metros nos encontramos con una nave varada, no podré moverla completa antes de que nos estrellemos. Con un caza…

-Entiendo lo que quieres hacer…- murmura Ryder.- Si alguien puede hacerlo, ese eres tú.

-Está decidido entonces.- La Capitana Norga se incorpora y aprieta el hombro de Shadow.

Este nota la tensión. Están a 50 kilómetros. Hay mucho espacio entre ellos y la tierra, muchos obstáculos, y junto a él viajarán ocho vidas que va a arriesgar. No era lo que esperaba ver.

Se levanta sin decir nada, tras dejar los mandos en reposo, y toca el pequeño botón marrón, el que convoca a la tripulación al comedor de la nave. Esa especie de sala de reuniones que todos respetan como un santuario.

-Gracias por venir tan rápido.- Comienza a decir cuando todos se han reunido a su alrededor.- Plutón 4X94 está rodeado de… No sabemos exactamente que es, pero no podemos atravesarlo con la Venganza Veloz. No tenemos visibilidad así que… Aquellos que quieran bajar, deberán hacerlo en el caza. Yo lo pilotaré pero… Necesito que sepáis que las probabilidades de una colisión son altas. No puedo asegurar que todos lleguemos a salvo. No puedo asegurar que lleguemos en una pieza. Es una… maldita oscuridad.

La responsabilidad le pesa, como si de repente un hombre gigante se hubiera colocado justo sobre sus hombros, y lo aplastara contra el suelo. Vuelve a ser un niño. Vuelven a mirarlo como a una niña. Shadow desaparece y se hace tan pequeño que…

-Iré a tu lado.- Ryder sujeta su hombro.- No estarás solo en esta "andanza" Shadow, no dejaré que te lleves todo el crédito, te lo prometo.

No puede hacer más que sonreír. Si su equipo confía en él, él no puede hacer menos.

-Lo conseguiremos. Después de todo… nada que no hayamos hecho antes ¿No?

Unos minutos después se encuentran en el caza. A su derecha, Neah se dispone a controlar los radares, a intentar anticipar cualquier avistamiento de un objeto contra el que puedan colisionar. A su izquierda, Ryder hará el papel de su tercera y cuarta mano. Necesita tantos brazos y dedos como sean posibles.

-¿Piloto de aterrizaje?- pregunta el joven a su izquierda, activando el modo de aterrizaje controlado.

-No. Manual.

"Con el piloto de aterrizaje tendré movimientos limitados. Esto no será un aterrizaje. Será una carrera contra la distancia."

Ryder simplemente obedece. No está allí para discutir, ni para decidir. Es su mano tercera y cuarta. Solamente obedece. Shadow es el cerebro que maneja sus dedos y sus brazos.

-¿Neah tienes algo?- murmura el piloto principal. Solo es eso. Un piloto. Necesita olvidar las cabezas silenciosas que los observan a sus espaldas.

-Parece que todo está despejado, pero solo consigo mantener operativo el radar térmico. Las cámaras no captan nada.

-De acuerdo. Comenzamos el descenso.

El caza se desliza de la nave nodriza como si se tratase de un imán antiguo pegado en una nevera. Con suavidad, con incomodidad, con miedo. El vehículo sale a la espesura, tanteando el terreno con cuidado. No se ve nada. Shadow no puede ver nada.

-Luces.- ordena, y sus manos obedecen. No sabe si son las suyas o las de Ryder, pero obedecen.- ¿Radar?

-Despejado.- Sus ojos tres y cuatro también obedecen. Eso es Neah. Nuevos ojos. Eso es Ryder. Nuevas manos.

"Soy un hombre con cuatro ojos y cuatro manos", piensa Shadow mientras avanza entre la espesura.

-¡El radar sonoro capta una señal! ¡No sé de qué clase de objeto hablamos pero está a ochocientos metros de nosotros!- Neah exclama, alza la voz, alarmada.

Shadow no se altera. "Ochocientos metros. Tengo ochocientos metros para adivinar que es, y como esquivarlo" La imagen del radar sonoro asciende a la pantalla de mandos. Un punto pequeño entre el silencio de aquella atmosfera abandonada. Un punto, un lugar desde el que se emite un sonido. No sabe cómo es, que es o donde está exactamente. No ve nada. "Podemos hacerlo. Soy un hombre con cuatro ojos y cuatro manos.".

-Avanzamos.- murmura.- Manos a frenos.

No lo ve, no lo siente, pero sabe que sus manos están preparadas para frenar el enorme vehículo de ser necesario. Sus manos, las que si siente, continúan fijas sobre los mandos del caza.

Cuando solo quedan cuarenta metros de distancia entre el punto de sonido y él, lo ve. Es un satélite. Pequeño. Fácil de esquivar. No sabe cómo describir la paz que siente cuando evade sin demasiado problema el, en comparación con la nave, pequeño objeto. El alivio, por desgracia, no dura demasiado. Antes de que la voz de Neah se alce sobre el sonido de los motores, antes de que Ryder sea capaz de musitar nada, Shadow lo sabe. El silencio que invade el lugar le avisa.

Hay algo. Algo grande. No puede evitar mirar la velocidad. Ha tenido que aumentarla para esquivar el satélite. Ahora esos doscientos metros que le separaran de la enorme nave que empieza a aparecer ante las cámaras de aterrizaje del caza se aproxima a ellos con mucha más velocidad de la necesaria. De la posible para esquivar. La colisión perece inminente.

-¿Frenos?- Ryder habla, intenta pensar. Pero no es el cerebro. No toca la palanca. No acciona los frenos. No hace nada.- ¡Shadow! ¡¿Frenos?!

-No.- es lo único que dice. Su mente ya ha calculado todas las posibilidades, mucho antes del aviso de Neah.

-Shadow es una nave. Una fragata. Es…

-Enorme.- es Ryder quien acaba la frase.

Pero Shadow ya no responde. Él ya lo sabe. Está calculando cuánto tardarán a la velocidad a la que viajan en colisionar contra la nave, cuánto tardaría en rodearla, si conseguirían frenar a tiempo, y toma una decisión. Desactiva los mandos de sus compañeros, revisa con fuerza su cinturón de seguridad y sin avisar a nadie (no hay tiempo), eleva el caza, haciéndolo girar unos 180 grados en vertical. Los cuerpos sienten la inercia, y cree escuchar un golpe sobre el techo cuando la velocidad los impulsa hacia arriba.

Una vez que la nave apunta hacia el bajo de la enorme fragata, acelera. El caza sale impulsado a una velocidad de vértigo. Escucha, siente en su piel, como el metal roza el metal, rayando el techo del caza y el bajo de la fragata. Han estado a punto. Ha tenido que aumentar la velocidad, por lo que la lucha contra las turbinas, las alas, y las cabinas que sobresalen del bajo de la fragata es una auténtica guerra. La nave se tambalea de un lado a otro.

-Reduce.- ordena.

Las manos de Ryder, las suyas, obedecen. Activan los mandos, y utilizan toda la velocidad que la adrenalina les regala para accionar los frenos con suavidad, pidiendo a los motores que reduzcan el ritmo, que detengan la nave. Y pidiéndole también a todos sus dioses que no haya otra cosa adelante.

-Tierra a ciento cincuenta metros.

La velocidad sigue siendo alta. Demasiado.

-Tierra a ochenta metros.

¿Setenta metros en seis segundos?

-Tierra a cuarenta metros.

Confía en Ryder, él no puede hacer otra cosa que confiar en él. Son sus manos.

-Con fuerza.- ordena.

Los motores se quejan, las turbinas hacen que el caza se retenga, que luche contra la velocidad a la que le han obligado a acelerar.

-Veinte metros.

La velocidad ayuda, para. Frena.

-Activa el piloto de aterrizaje.- ordena Shadow, un segundo antes de que ya no sea posible.

Ryder obedece y la nave cambia su dirección. Se coloca automáticamente en posición de aterrizaje, los motores rujen, y las patas descienden. Antes de que nadie sea capaz de procesar todo lo que ha sucedido, el caza vibra al tocar el suelo. La escotilla se abre.

-¡Bienvenidos a este planeta de ensueño! Hemos llegado a Plutón 4X94 (se escuchan risas). Neah, actualiza los mapas de la atmosfera, no quiero tener que despegar en las mismas condiciones. Ryder, revisa posibles daños en la nave. Morg, ayúdale.

-Sabía que lo conseguirías.

Shadow aún no ha relajado sus manos cuando siente los brazos de Ryder sobre su cuerpo.

-Si alguien podía hacerlo, ese eres tú.

Capítulo 5

$\mathfrak{F}$rente a los ojos de la tripulación se extiende un paraje repleto de ruinas, de chatarra, de cemento, hierro y tierra baldía.

-¿Qué pasó en este planeta?- murmura Marie cuando se bajan.

-En tú planeta es imposible imaginar algo como esto, ¿verdad?- le pregunta Malcon. Sabe que procede de uno de los diez planetas más cercanos a Júpiter Imp01. Un lugar que nunca tendrá que ver ni vivir lo que él, un bastardo de Ceres 789, ha visto y experimentado cada día de su vida.

-Esto… Si el emperador lo supiera… Si… Seguro que…- pero no continúa hablando. Quizá porque ella misma no es capaz de creerse, o quizá porque sabe que a su alrededor no muchos son afines al Imperio.

-Sí. Pero aquí estamos.

-Sí, y no parece que haya nadie.- Es la Capitana Norga quien finalmente acaba con el silencio incómodo en el que los jóvenes tripulantes se han inmerso al observar aquel planeta desierto.- ¿Algo que decir Malcon?

-¿Ya ni si quiera encendemos los escáneres al llegar a un planeta? ¿Tanto deseas que me haya equivocado Norga?- Malcon sonríe con malicia, consiguiendo que el color del rostro de la capitana aumente, enrojeciéndose de cólera. Tan fácil de provocar es.- Estás en Plutón 4X94, disfruta.

"Disfruta". La palabra se queda flotando en su cabeza, como un eco de sí mismo. Disfrutar. ¿Es posible disfrutar de algún lugar como aquel? Lo duda. Lo duda mucho. Tal vez alguna vez lo fue.

La luz de aquel planeta, sean cuales sean sus soles, es sucia, pesada. Arrasa la piel con un calor inesperadamente fuerte para lo poco que los soles parecen aportar. "Quizá por toda esa niebla oscura que hemos atravesado. No debe dejar pasar la luz", es lo que piensa, mientras continua mirando a su alrededor.

A sus espaldas, Marie comienza a encender los escáneres con ayuda de Morg, los escucha, pero no los mira. Conoce el procedimiento, y aquella escena… Le trae recuerdos. No puede evitarlo.

-Es igual que Ceres 789. Nosotros también acabamos así.- lo dice al aire, aunque sabe que Utark está a su lado y escucha. Utark siempre escucha, y es eso justamente lo que lo convierte en esencial para el grupo.

"¿Estás bien? ¿Puedes con esto?", pregunta, a su lado.

-Sí, tranquilo grandullón.- intenta sonreír. No sabe si aquella mueca consigue el papel de sonrisa en el exigente casting de la mirada analítica de su mejor amigo.-

Son solo recuerdos. Nada duele al que nada ha perdido, y Ceres 789 era solo un montón de nada, llena de nadies. Por eso no la recuerdan. No como hacen con este otro montón de nada.

Cuantos montones de nada hay en todos lados. A veces es despertante…. tanta nada que quedó de tanto tanto. "El Imperio de las Nadas" como le dicen algunos.

Plutón 4X94 nunca será olvidado.- Al segundo de seguir hablando, se arrepiente. Aquellas no son las palabras de alguien a quien no le importa nada. Sí le importa, demasiado. Y si pudiera, estaría en la primera fila de los escuadrones de Ceres. Pero no puede. Y está allí, intentando salvar la vida de una chica de Plutón 4X94, que a pesar de haberlo perdido todo, sigue teniendo más oportunidades que…

-¡Eureka!- grita Marie, con su particular acento de jupitania.

-¿Eureka?- contesta Morg, claro habitante de algún planeta pequeño de Juno.

-Que he encontrado vida, Morg. Hay vida en este planeta. De hecho…- Se levanta, toma lo que parece el foco de una cámara, pero más alargado y sin botones, y enfoca al horizonte.- ¡Una selva! ¡Lo que sospechaba! Las únicas señales de vida humana provienen del centro de aquella selva. ¿Crees que podrías acercarnos hasta allí con esta información?

Marie sujeta entre sus manos el extraño utensilio, tecnología antigua, seguramente, y el escáner, y se lo enseña todo a Shadow. El joven observa en silencio.

-Creo que puedo hacerlo. Aunque no querría meter el caza en la selva… Después de los daños que ha sufrido en las maniobras de aterrizaje…

-Bastará con que nos dejes suficientemente cerca como para que podamos llegar a pie en menos de 24 horas.- concluye la Capitana Norga.

-Eso puedo hacerlo.

Capítulo 6

-¿Cómo has dicho que se llama?- Ryder da un paso adelante cuando Cynthia deja caer el extraño utensilio contra las hojas oscuras de las enredaderas.

-Machete.- murmura.- Es difícil conseguirlos, pero si tienes los contactos adecuados… Es tecnología antigua, pero funciona mejor que el láser contra la naturaleza.

-Entiendo…- responde siguiendo su ritmo adelante.

-Ryder.- dice de repente la chica.

-¿Sí?- contesta él, atento al movimiento de sus manos contra la espesura de la selva.- ¿Qué crees que le pasó a este planeta? ¿Por qué en medio de una superficie… inhabitable, crece una selva así?

-Bueno. Yo no soy el más inteligente de nosotros…- inconscientemente, el joven dirige su mirada a Shadow, y no puede evitar sonreír.- Pero creo tiene algo que ver con lo que dijo la chica. Si están atrapados… Algo debe retenerlos. Esta selva…

-Sí. Lo entiendo. Creo.

Utark va callado. Demasiado. No entiendas mal, ya sabes que no habla. Pero no gesticula, no intenta burlarse de los intentos torpes de Malcon de parecer un intrépido aventurero, y eso es extraño.

A Malcon le extraña, sin duda. Se ha quitado el traje de diplomático que suele llevar a todas las misiones, y por una vez en la vida, ha acatado la norma de ir en uniforme. En parte, para reducir el enfado de la Capitana Norga contra él.

-¿Tío? ¿Estás bien?

Pero Utark no contesta. Muy por el contrario, se queda completamente quieto. Delante de ellos solo están Ryder y Cynthia. Continuando su marcha, siguiendo sus pasos, a sus espaldas, Marie, Neah y Morg. Al resto no consigue verlos. Supone que siguen el sendero de plantas cortadas que la bendita mercenaria de la nave consigue abrir, pero no lo sabe con exactitud. Quizá por eso la inmovilidad de Utark le asusta en particular. Busca el origen de su parálisis, hacia donde se dirige su mirada. Cuando lo hace, desearía no haberlo hecho. No hace más que…

-¡Silencio!

-¿Has oído eso?- la Capitana Norga cierra la marcha junto a Shadow.

-No. No he oído nada.- susurra, muy serio.

-Estoy segura de haber oído algo…

-Capitana. Si la mercancía que trasportamos no es segura debería haber…

-No podía. No podía pedirte que lo hicieras sabiendo lo que hacíamos Shadow, pero necesito que lo sepas ahora. Es importante que lleguemos a Juno 8X150 antes de que acabe el mes. Antes. Es muy importante.

-Lo entiendo pero…

Esta vez, el sonido del grito de Marie es tan palpable que es Shadow quien calla. Ambos se miran, y asienten. Echan a correr. Las piernas se mueven contra el suelo tan rápido como pueden. A la carrera no tardan en alcanzar a sus compañeros, de quienes solo se habían alejado lo necesario para que la Capitana Norga diera a su piloto jefe la información que tan necesaria hace la prisa en aquella misión. Cuando lo ven…

-No puedo creerlo…

-¡Corre!- Neah extiende su mano hacia Marie, intentando que reaccione. La enorme bestia está mirándola.

El animal salió de la nada, de repente. Un segundo antes juro que no había nada. Después, las enormes garras de la pantera azul habrían arrancado el rostro de Morg de un solo zarpazo de no ser por el disparo certero de Utark, que no había dudado ni un solo segundo en disparar en el centro de una de sus manchas blancas.

-¡Tienes que correr!- insiste, mientras la bestia se arrastra por el suelo, con pasos de depredador hambriento.

Pero Marie no responde. No. No es eso lo que sucede. Lo que ocurre pasa tan rápido que a Neah le costará varias horas de sueño entenderlo. Morg la mira. A ella, no a Marie. A ella. Busca sus ojos. Ve algo en ellos. ¿Pánico? ¿Miedo? ¿Desesperación? Luego se lanza sobre Marie, y la empuja con fuerza, desviándola de la garra de la bestia, que cae sobre su espalda, rompiendo el uniforme oscuro de la tripulación y dejando al descubierto la sangre carmesí, escurriendo hacia sus piernas.

Su grito la desgarra en aquel momento, y continuará acosándola días más tardes, cuando al fin entienda el porqué de sus acciones.

Utark está sobre el animal al segundo siguiente, con el hacha de acero juniano en mano. Un material tan flexible como la silicona, y tan mortal como el más valorado de los metales. La velocidad es lo más importante al usar esta arma, y es increíble ver como el enorme cuerpo del joven es capaz de adquirirla para que el material flexible atraviese la cabeza del animal como si se tratase de un látigo, rebanándola de un solo tajo.

El cuerpo cae sobre Morg, y antes de ser consciente, Neah está junto a él, ayudándolo a salir de abajo de esa tonelada de cerdas azules hediondas. Cuando vuelve a mirarlo a los ojos, el chico le niega la mirada. Está absorto, no es capaz de corresponder a la urgencia con la que Neah lo busca.

-Estoy bien.- contesta antes de que nadie pregunte.

-¿Qué diablos hace una bestia como esta en un planeta como...?- es la Capitana Norga quien comienza a enunciar la pregunta, pero no la acaba.

-Hay algo allí.- murmura Shadow, que tiene entre sus manos el telescopio de Marie.- Un edificio. Quizá podamos hacernos todas las preguntas que necesitemos allí, lejos de cualquier amigo de esta mierda de… de…

-Pantera.- concluye Marie, que tan rápido como recupera el habla corre hacia los brazos de Neah.

Cuando al fin la tiene entre los brazos vuelve a respirar. No se había dado cuenta de que estaba reteniendo la respiración hasta aquel instante. Realmente la quiere. La quiere mucho.

Capítulo 7

"Centro de rehabilitación de la humanidad de Plutón 4X94"

Eso es lo que dice el enorme letrero que decora la puerta principal. Casi como una burla del destino, el texto causaría gracia si no fuese por lo funesto del entorno.

El ciclópeo edificio es de hormigón gris, y todas las ventanas permanecen cerradas a cal y canto frente a ellos. Es imposible predecir que contiene la extraña edificación.

-Bien. Entremos.-vuelve a ser Malcon el que se adelanta al resto del grupo, y abre la puerta que los separa del interior.

-Claro. ¿Por qué hacer una exploración previa? Total, ¿Qué podría haber detrás de la puerta de este edificio extraño perdido en medio de la selva en un planeta deshabitado por humanos pero no por panteras azules enormes.- La Capitana Norga dice todo esto sin parar a respirar, regañando, como siempre, a Malcon.

-Menos de 24 horas, ¿recuerdas? La prudencia es para hombres con tiempo.- responde, adentrándose en la oscuridad.

Lo único bueno de usar el estúpido uniforme es que puedes utilizar todos los trastos extraños que Marie les ha ido añadiendo. Por ejemplo, linternas. Malcon enciende la suya y pronto ve la de sus compañeros brillando a sus espaldas. Cuando las luces impactan contra las paredes del centro, encuentran las extrañas urnas.

Imposible distinguir cuantas hay. Son como peceras de cristal verdecino, que retienen entre fluidos extraños, cuerpos humanos en perfecto estado de conservación.

-¿Marie? ¿No dijiste que solo había…?

El sonido de los cristales cuando la culata de la pistola de Cynthia impacta contra una de las cápsulas, le impide a Neah acabar la frase. El líquido, espeso y verdoso, se derrama sobre el suelo de granito, llegando a los pies de

Malcon, el más alejado de la acción, en apenas unos segundos. Se esparce increíblemente rápido para ser tan
espeso.

-¡No!- grita Marie, casi acto seguido.- ¡No sabemos
qué puede pasar si…!

Pero lo que cae al suelo entre los brazos de Cynthia
es claramente un cadáver. No hay signos de aspavientos.
De perder el control de los pulmones, del corazón ni de
ningún otro signo de vida extinguiéndose entre los ojos
apagados del humano que ahora descansa sobre el suelo.

-Está muerto.- concluye Cynthia.- Están todos muer-
tos…

La escena parece conmoverla especialmente, aunque
nadie sepa por qué, así que el silencio que se hace en la
sala es de respeto y miedo.

-Debemos buscar algo para… Debe haber…- Marie
toquetea el ordenador (parece un ordenador) que reposa
junto a la cápsula vacía.- ¡Sí! Aquí dice… Hay un ordenador central, una máquina que debe controlar a todas estas…- no dice la palabra que está pensando, porque los
ojos de Cynthia la atraviesan en aquel momento.

-Lo siento.- Ryder se agacha sobre ella.- Pero Marie
dijo que había tres personas vivas. Si es así… Todavía

podemos salvar tres vidas. ¿No vale la pena?- el joven sonríe, y ayuda a Cynthia a levantarse.

-Sí. Es solo…

Pero no dice nada, y nadie piensa preguntarle. Los ojos de la chica siguen el recorrido del espeso líquido verde. Su linterna hace que una placa blanca reflecte la luz al alcanzar el punto en el que el vertido toca la pared.

-Un mapa.- concluye.

Es Marie la que corre hacia allá, seguida de cerca por Neah.

-¡Sí! Pero no entiendo nada…- se gira, buscando la mirada de Malcon.

El chico se acerca al panel blanco en el que brillan algunas letras e imágenes. Recorre rápidamente la mirada sobre las letras. No conoce el dialecto pero casi todos tienen cosas en común. Busca palabras como mandos, central, ordenador, o principal. Finalmente encuentra una que en algunos idiomas de la zona, significa "que dirige a los demás", y señala el punto sobre el mapa.

-Creo que es esto.- concluye, con una sonrisa de suficiencia enorme. Le encanta sentirse imprescindible.

-Bien. Pues no perdamos más tiempo.- concluye la Capitana Norga, acercándose al mapa.- Neah y Morg, llevad a Marie a este punto, encontrad a los que queden vivos y decidnos donde están. Averiguad cómo sacarlos sin hacerles daño. Shadow y Utark. Conmigo al ala este. Malcon, Cynthia y Ryder, ala oeste.

-Pero Utark y yo…- intenta quejarse Malcon, al ver que lo han vuelto a separar de su mejor amigo.

-Estás loco si piensas que voy a dejar que vayáis juntos a algún lado otra vez.

Malcon asiente resignado, y vuelve a mirar el mapa. Entre las imágenes que aparecen en el ala oeste, un rostro le resulta familiar. Ojos castaños, nariz afilada… Es la chica. La chica de la grabación.

Capítulo 8

Es Utark el que dirige la marcha. Lleva entre las manos el hacha con el que ha matado a la bestia de la selva. A pesar de que van menos armados que el otro grupo, tienen a aquel hombre enorme con la habilidad de matar a una criatura de siete toneladas de un solo golpe.

No es poca cosa. No tiene miedo de que el otro miembro de su equipo haya resultado ser Shadow. El joven es muy hábil con los mandos de la nave, pero parece tan delgado y delicado que uno no puede evitar pensar que si su vida dependiera de la habilidad de aquel chico con cualquiera de las armas que tienen a su alcance, estaría muerta antes de lo que canta un gallo.

Como sea, esperemos que no haya gallos a los que se les ocurra cantar esta noche.

"Cuidado. Esta sala parece estar especialmente destrozada. Hay cristales en el suelo", Utark les avisa levantando sus manos sobre su cabeza.

No poder hablar solo lo hace aún mejor guerrero, piensa la Capitana Norga. Porque no hace ruido. No emite ningún sonido cuando se asusta, y eso lo hace parecer temible, un asesino que mata a sangre fría.

¡Si lo conocieran de verdad...! Si conocieran el corazón dulce del joven Utark... Pero eso no es lo que conviene cuando se sostienen dos pistolas en medio de un combate. Lo mejor es que pienses que el tío que tienes delante es suficientemente valiente como para no emitir ningún sonido mientras aprieta el gatillo y te atraviesa la cabeza de un solo disparo. Son horas de pensar en lo que conviene y no en lo que es.

Las advertencias de Utark son reales. El suelo en aquella sección del ala este está lleno de pequeños cristales, idénticos a los que rompió Cynthia minutos antes. Pero la Capitana Norga no siente miedo por ello. No. Siente miedo cuando se da cuenta de que el líquido espeso sobre el que caminan no es verde, si no rojo.

-¡Apagad las linternas!- ordena cuando pisa y cruje el primer hueso sobre el suelo.

El comunicador que Marie ha cosido en sus trajes comienza a sonar. La voz de Malcon resuena al otro lado.

-Hemos encontrado algo.- está serio, más serio de lo normal.

-No podemos hablar ahora mismo. Apaguemos los comunicadores.- responde ella, dando la orden a sus acompañantes. Luego apaga el comunicador.

El ambiente pesa tanto como la oscuridad que los rodea. Lo que sea que les ha atacado fuera debe tener amigos. Otras presas. Otros depredadores. Animales capaces de entrar en aquel lugar y… Las cápsulas están vacías. La Capitana Norga necesita inspirar con fuerza antes de dar la siguiente orden.

-Hay algo más con nosotros.- lo puede escuchar. Escucha ese otro latido que no es el suyo. Ni el de Utark. Ni el de Shadow. Un latido de una bestia grande, quizá no tanto como la pantera que se encontraron fuera, pero ciertamente igual de letal y de intimidante.

El siguiente sonido que le llega es un golpe. Escucha el sonido de la hoja del hacha de Utark impactando contra el hormigón de las paredes. Luego los ve. Dos ojos rojos que la miran en la oscuridad, y una boca de igual color. Centelleando en la negrura. Como un emoticono siniestro, que atraería a animales pequeños.

"Es nocturno", piensa. Pero no tiene forma de encender las luces. ¿Las linternas? Acciona el aparato que cuelga de su traje de capitana, y la luz impacta contra esa fisonomía que la inquiere amenazante. Lo siguiente que percibe es el chillido que emite la bestia. Agudo y desesperado. Tiene que taparse los oídos, y apenas es capaz de ver la forma del animal que los acecha antes de que este desaparezca del haz de luz.

-¡Odia la luz!- busca en su cinturón una de las bengalas de emergencia que siempre lleve en su cinturón, y la lanza hacia el techo. El haz de luz estalla, y el sonido de la bestia vuelve a sorprenderla.

-¡Funciona!- contesta otra voz, es la de Shadow.

Pero la bengala no tarda en apagarse (estas bengalas nunca duran una mierda), y el animal no deja de ser una sombra huyendo de cualquier halo de luz. Saben que no está allí donde la luz ilumina, pero no saben en qué punto de la espesa oscuridad se encuentra.

-¡Ah!- el chillido la sorprende. Es otra vez Shadow. Busca con rapidez el modo laser de su arma, desajustando la bengala, dispara al aire, intentando vislumbrar la posición de la bestia.- ¡Socorro!- el muchacho grita desesperado, peor no es capaz de encontrarlo.

No puede perderlo. No a otro más. Ya lleva suficientes muertes a sus espaldas. No puede cargar con una más.

-¡Aguanta!- grita mientras busca desesperada la manera de encontrarlo, de acabar con la bestia. Mientras reza porque las capacidades de Utark sean suficientes para salvarlos a ambos. Lamentando haber dividido el grupo en dos.

Entonces, las luces se encienden. No les da tiempo de ver a la bestia. Como una sombra. Adquiere una velocidad abismal y solo consiguen ver su contorno despareciendo en la oscuridad de alguna habitación abierta.

Con las luces encendidas, la sangre es mucho más evidente y profusa. Ahora se pueden ver los cadáveres esqueléticos que descansan a sus lados. Son muchos. Incontables.

Aquello es una masacre. Esto fue una asquerosa masacre.

Capítulo 9

-Hemos encontrado algo.- dice cuando la ve.

Su linterna apunta directamente a aquel rostro que, si bien no puede abrir los ojos, es exactamente igual al que le miraba al otro lado del holograma. Es guapa. No es de esas bellezas que arrasan con todo, que te dejan sin respiración. No. Es sutil, sencilla, de esas que se meten por dentro y te obsesionan hasta morir, porque no eres capaz de entender que es lo que te tiene así.

Es esa clase de belleza. Ni él mismo entiende el porqué de su obsesión con aquella chica de ojos castaños, pero la tiene. Y ahora que está allí…

-No podemos hablar ahora mismo. Apagamos los comunicadores.- responde la Capitana Norga unos segundos después de su transmisión.

-Yo estoy aquí.- Neah responde casi al instante.- Estamos aquí. ¿Qué habéis encontrado?

-A la chica.- responde él.- ¿Es posible sacarla sin hacerle daño?

-No.- responde Marie.- Esto es mucho más complejo de lo que parece. Estas personas no solo están crionizadas. Sus cerebros están conectados al ordenador, son una mente colmena. Conviven en una realidad virtual, como en las que jugáis Utark y tú, Malcon. Quizá por eso pudo conectarse con vosotros.

-¿Y qué significa eso?- murmura Malcon.

-Deberían haber seguido en ese lugar, en este estado, hasta que la tierra se rehabilitara. Pero… Algo los está matando desde dentro. El planeta no está listo para que despierten, así que desde aquí no puedo hacer nada. El ordenador no dejará despertar a nadie hasta que el planeta vuelva a estar completamente sano, y ya has visto la atmosfera.

Claro que lo ha visto. Ha visto con sus ojos esa niebla espesa. Pero, sin embargo, el aire es respirable. Y hay una selva. Y bestias gigantes. ¿Cómo es posible? ¿Cómo habiendo formas de vida tan grandes el planeta todavía no se da por sanado? ¿Por qué ha crecido una selva alrededor del centro, con bestias protegiéndolo del ojo indeseado? ¿En qué clase de lugar están?

No puede evitar pensar en las palabras de la chica. "El Imperathor lo ha devastado todo. No podemos escapar. Estamos atrapados. "El Imperathor". En su boca se formaban curvas suaves, casi sensuales al pronunciarlo. Es otra lengua, eso está claro. Pero significa… no deja de significar… Emperador. ¿Verdad?

-¿Qué podemos hacer, Marie?- pregunta Malcon.

-Podría intentar hackear el sistema del ordenador, pero es muy antiguo y no entiendo del todo bien cómo funciona. Podría tardar días y… ¿Crees que podrías convencer a la Capitana Norga de darnos más tiempo Malcon?- pregunta Marie.

Su mente está en otra cosa, buscando opciones en la galera. Negociar con la Capitana Norga es imposible.

-¿Ellos pueden salir de forma voluntaria de allí?- pregunta Malcon.

-Deben poder hacerlo. Porque muchos de ellos están desconectados, algunos salieron de las máquinas, por lo que parece… aunque no hay señales de vida. No sé cómo les habrá ido. Pero desde aquí…- murmura Marie.

-¿Cómo se entra?- es lo único que puede hacer. Ayudarlos desde dentro.

-¿Malcon? ¿No estarás pensando en…? No voy a darte esa información Malcon, es muy arriesgado.

-Decidle a Utark que no puede quedarse con mis videojuegos si no salgo, y que como no obligue a la Capitana Norga a sentar el culo en este planeta de mierda hasta que me saquéis de aquí voy a contaros a todos que se hizo pis en la cama.- Después apaga el comunicador. Mira a sus dos compañeros que lo observan en silencio.- ¿Vais a ayudarme o qué?

Los dos jóvenes se miran entre ellos, y luego asienten con demasiada duda en el rostro. Saben que no sirve de nada llevarle la contraria a Malcon. Ryder piensa que al menos si le ayuda podrá asegurarse de que no se haga daño, al menos no más del necesario. Apunta con su linterna a la enorme urna de cristal que está abierta.

Debe ser de los pocos que han conseguido escapar. Ryder es quien se sienta en el ordenador y comienza a toquetearlo, mientras Cynthia intenta ayudar a Malcon a cerrar la máquina. Él es el que más sabe de estas cosas, y eso que solo es piloto por obligación. Toquetea algunos botones. Por suerte, entiende la lengua en la que está escrito todo. Era la de sus dueños en Neptuno 8X72. Al menos eso juega a su favor. Tras unos minutos de silencio incómodo y dudas, el aparato se enciende, y con él, las luces de todo el edificio cobran vida.

-No sé qué habéis tocado, pero habéis encendido todo.- susurra la voz de Marie desde el comunicador de Ryder, que se ha negado a apagarlo.- Si estás pensando mandarlo ahí… Es peligroso.

-Lo sé.- Asiente, mientras pulsa sobre lo que parece ser el botón que induce en el coma y traslada la mente del sujeto a la realidad virtual.

La máquina rechina cuando Malcon pierde la conciencia, y en el ordenador comienzan a reflejarse sus señales vitales. Al menos parece funcionar.

-Está dentro. Más te vale descubrir cómo sacarlo de ahí, confiamos en ti Marie.

Capítulo 10

Cuando la Capitana Norga enciende el comunicador escucha la siguiente frase. "Está dentro. Más te vale descubrir cómo sacarlo de ahí, confiamos en ti Marie." El resto del contexto no lo necesita. Sabe de quién habla y qué es lo que ha hecho. Se gira hacia Utark y lo sujeta de su uniforme. La escena es inevitablemente cómica. La capitana necesita ponerse de puntillas para conseguir agarrar el cuello de su mono de tripulante.

-Cómo tú amigo no salga de ahí en menos de 20 horas, nos vamos sin él, así que ya vas diciéndonos si sabes algo de este plan estúpido que tiene montado.

"No sé nada de esto. Lo siento, Capitana.", El chico sonríe, con su habitual sonrisa de bonachón. Después sus ojos se llenan de preocupación. Está siendo sincero, no sabe nada. La Capitana Norga lo suelta y baja sus manos.

-De acuerdo. Por ahora.- murmura, girándose sobre sí misma para deshacer el camino que han andado hasta allí.- Vamos a por ese imbécil de tu amigo.

Cuando han llegado al ordenador central, los tres rostros que los esperan los miran con un gesto de disculpas. Le han dado demasiada información a ese estúpido de Malcon.

-Infórmame de la situación y deja las disculpas para cuando estemos en la Venganza Veloz en menos de…- vuelve a mirar el pequeño reloj en el que ha programado el temporizador de 24 horas.- 19 horas y 48 minutos.

-Bien. No puedo sacarlo desde aquí. Sería muy arriesgado. No sé si moriría en el intento… Pero he descubierto como sacarlo desde dentro. Puede activar un protocolo de emergencia y salir. Es bastante sencillo, aunque necesita un "administrador" para ello.

Al parecer, eligieron a cinco administradores que tienen mayor control que el resto de los habitantes sobre la simulación. La ¿suerte? ha querido que dos de los tres supervivientes que continúan dentro sean administradores. Bastaría con encontrar a alguno de ellos y activar el protocolo de emergencia para salir.

-Entiendo. Pero… ¿Por qué no han salido hasta ahora, si es tan sencillo?- pregunta Shadow, que aparece tras las espaldas de Norga como si nada hubiera ocurrido.

-Eso es lo que no sé.- Marie sigue mirando el enorme aparato en el que teclea.- Lo raro es que sí que se ha activado este protocolo anteriormente. Los otros tres administradores murieron usándolo, y muchos de los habitantes de su Arcadia salieron.- La palabra suena extraña en la boca de Marie.

-¿Arcadia?- murmura Norga, inclinando la cabeza.

-Es como llamaban los antiguos juglares a un lugar ideal, donde nada malo puede pasar. Creo que es como querían llamarlo, al menos así se llama el ordenador.- contesta sonriendo.- Sea como sea, a pesar de que constan más de 100 evacuaciones, no hay ningún rastro de vida. Y nuevamente la Arcadia rodeada de esqueletos vuelve a ser una bofetada irónica del destino.

La Capitana Norga recuerda la sangre y los huesos, tirados en el suelo.

-Eso tiene una explicación. No estamos solos en este lugar. Las luces estaban apagadas y…

-Eso es otra de las cosas que más me ha extrañado.- murmura Marie.- Cuando llegamos, el lugar estaba completamente a oscuras, y sin embargo, Arcadia funciona a la perfección y ha estado operativa en todo momento. No había problemas de electricidad.

-Alguien las dejó apagadas a propósito. ¿Es lo que quieres decir?- pregunta Shadow.

-Tendría sentido, viendo lo que hemos visto.- concluye la Capitana Norga.- Estas son preguntas que debemos hacer luego. Si es como me dices, tendréis que entrar y sacarlos de allí.- ¿Crees que puedes darles autorización de administrador a alguno de ellos desde aquí?

-Es algo que puedo intentar.- contesta Marie.

-Si no, tendréis que obligar a alguno de estos dos a activar el maldito protocolo.- la siguiente frase la dirige al comunicador.- Ryder y Cynthia, informad sobre vuestra ubicación, un equipo de apoyo va para allá. Vais a traerme a ese hijo de puta de Malcon, si hace falta lo haréis a rastras.- Sin esperar respuesta, continua hacia los jóvenes que la miran.- Utark, Neah, id en su encuentro y volved sanos y salvos. Al menos en las órdenes suena lindo.

Los chicos asienten, y desaparecen por el pasillo que conduce al ala oeste, siguiendo las indicaciones. Antes de irse, Neah da un beso sobre la cabeza a Marie, que es incapaz de separar la mirada del ordenador.

Capítulo 11

Lo primero que ve cuando aparece dentro de aquella realidad virtual es una serpiente. Puede medir tal vez ocho o diez metros, y tiene un rostro tan aterrador que puede sentir que el corazón se le para.

Pero no lo hace. Intenta esquivar el primer ataque que el enorme monstruo lanza sin dudar ni un segundo. Falla. La serpiente se enrosca en su cuerpo y comienza a apretarlo. La respiración comienza a faltarle, el pecho le duele.

Siente como el aire escapa de sus pulmones, el ritmo de sus exhalaciones se acelera por el miedo y el tiempo para pensar cómo salir de allí pasa más y más rápido. Si hay algo que no hay es tiempo de pensar como escapar. Solo es capaz de intentar razonar consigo mismo, asegurarse que todo aquello es falso. Que no puede hacerle daño. Que es realidad virtual, como sus videojuegos. ¡Es falso! Se repite una y otra vez. Pero se siente muy real. Muy muy real.

Cuando recuerda las palabras de Marie, "Murieron por asfixia", comienza a removerse. Es real. Lo que le ocurra allí tendrá consecuencias en su cuerpo real. Vio a la chica desmayándose. Entró a salvarla. Y ahora aquella enorme serpiente va a acabar con él. La falta de oxígeno hace que se le nuble la vista, no puede pensar bien. Siente que los pies dejan de moverse, que no puede resistirse, y la serpiente comienza a abrir la boca.

No le hace falta abrir los ojos para saber que cabe en las fauces de la bestia, pero tampoco es capaz de cerrarlos. Ve toda la escena. Cuando cree que todo está perdido, el hacha oscura sale volando desde su espalda. El arma corta las fauces de la serpiente en dos, y el agarre de esta se deshace, liberando su cuerpo.

Tras lanzar un par de gritos, de sentir como el oxígeno invade de nuevo sus pulmones (cómo le quema volver a respirar), comienza a alejarse de la bestia herida arrastrándose por el suelo, que es árido como todo en aquel planeta.

No para hasta que su espalda choca contra las piernas de alguien. Si estuviera en otro momento, en otras condiciones, probablemente hubiera dado un brinco, pero todavía está recuperando la respiración, por lo que lo único que atina a hacer es taparse la cabeza.

-¿Quién eres?- pregunta la voz a sus espaldas.

Cuando levanta la vista ve a un joven que no parece tener más de dieciséis años, con un hacha como la que ha volado sobre su cabeza instantes antes, mirándolo de forma inquisitiva.

-Mal…- la voz le sale entrecortada.- Soy Malcon.- le duele hablar.

-Ayro. Y si quieres seguir vivo amigo, será mejor que te levantes.

El joven rubio, con unos ojos azules como el mar, le tiende la mano. A pesar de la humillación que le supone dejar que un adolescente armado tenga que salvarle el culo, su respiración está todavía en fase de recuperación y las armas y las serpientes no son cosa suya. Eso es de Utark. ¿Por qué no ha insistido en ir con Utark?

-Agáchate.- ordena el chico.- Vienen más devoradores.

¿Devoradores? ¿Así llama a aquellas bestias? Tiene sentido, después de sufrir las intenciones de aquella serpiente que no podrá borrar de su cabeza en muchas noches.

Malcon obedece a regañadientes, y ve como el joven lanza a su espalda el hacha que le quedaba. El arma impacta contra algo carnoso, porque aunque no quiere mirar, escucha la sangre saliendo a borbotones, y ve un trozo de carne de serpiente cayendo contra el suelo.

-¡Has tirado tu hacha! ¡¿Cómo diablos vamos a…?!- inquiere Malcon al verse desarmado y desprotegido y contar al menos otras tres de esas cosas que los rodean.

Pero el chico no le responde. Antes de que pueda darse cuenta, tiene en la mano una ballesta enorme, y dispara flechas a los tres devoradores, que literalmente serpentean hacia ellos. Cuando una de ellas, la única que ha sobrevivido al arma de Ayro, consigue acercarse a ellos y lanza sus fauces contra el más joven, este materializa una lanza oscura que atraviesa a la bestia desde la garganta hasta el final de su cuerpo.

Malcon escucha como el animal se retuerce sobre su cabeza, y nota la sangre cayendo por el arma, bañando su ropa.

-Menos mal que no me he puesto traje.- susurra mientras Ayro se agacha para ayudarle a incorporarse.

-Siento que hayas llegado en un momento así. Pero, ¿quién eres? ¿Qué haces aquí?- le pregunta, con una calma y seguridad que a Malcon le pone los pelos de punta. ¿Quién es ese crío?

-Una chica se ha comunicado con nosotros desde aquí. Debe tener mi edad o algo menos, y es más o menos…- se incorpora para marcar la altura aproximada del holograma.- Castaña, ojos marrones y…

-Umiee. ¿Está viva?- pregunta Ayro rascándose la barbilla.- No sabía que seguía quedando gente viva aquí…

Malcon da un paso atrás. ¿Es ese chico alguna clase de psicópata asesino? ¿Persigue a los vivos y les da caza? Ayro debe interpretar su rostro, porque se ríe.

-No, no tranquilo amigo. No quiero hacerle daño a nadie. Llevo luchando contra las bestias del Imperathor desde que aparecieron. Por eso pensé que Umiee… Da igual. No es momento para hablar de esto. No tardarán en regresar más. Deberíamos irnos de aquí.

-¿Irnos?- asiente Malcon.- Genial. Nunca estuvo tan de acuerdo con algo. -¿Pero cómo?

Ayro no responde. Parece ser su costumbre cuando una pregunta le parece estúpida. Alza la mano, y frente a ellos aparece algo que debe ser lo que alguna vez se conocía como aerodeslizador. Un carro antiguo, muy distinto a las que circulan por las calles de cualquier planeta de Plutón 4 en la actualidad.

-¿Cómo diablos haces eso…?

-¿Quieres hablar o largarnos de aquí?- pregunta Ayro avanzando hacia el aerodeslizador, saltando sobre el asiento del piloto, y haciendo gestos a Malcon para que suba, mientras un sonido de crepitar resuena desde los cadáveres de las serpientes, que parecen volver a moverse. No, no parece, se empiezan a mover y parecen rearmarse lentamente como un rompecabezas.

-A donde me llevas, niño siniestro.- Las últimas dos palabras las dice en un idioma que espera que el joven no entienda, que está seguro que no entenderá. La lengua de Ceres 789.

-Llama eso a otro. El sistema tiene traductor automático para los administradores.- contesta el joven con

una sonrisa de suficiencia, mientras dirige el aerodeslizador a toda velocidad por el desierto.

Capítulo 12

Lo único que ve al aterrizar es el polvo que levanta la bestia de metal que los adelanta. Parece un aerodeslizador. Desde su punto de vista, aquel páramo nada tiene que envidiar al planeta en el que se aloja.

Tras observar su entorno, comprueba a sus compañeros. Ryder, Cynthia y Neah parecen estar bien. Del que no hay rastro es de Malcon. No puede evitar sonreír al pensar en su mejor amigo. ¿En qué lío los ha metido ahora? Qué aburrida sería su vida sin aquel renacuajo liándola constantemente.

-Bien. ¿Y ahora qué?- pregunta Ryder, tras sacudir la tierra de sus pantalones.

-Ahora toca ir a buscar a Malcon.- responde Neah, claramente molesta.

-Pues tú dirás dónde.- le responde el chico.

Cynthia permanece en silencio, analizando la situación. Es mercenaria. Se le nota hasta en la forma de mirar. Lo lleva en la sangre. Es innegable. Sus inolvidables ojos bicolores se levantan de la tierra como si fuera una cazadora, y otean la lejanía en busca de marcas de algún tipo. Siguen el rastro del aerodeslizador, y luego vuelve al suelo. Ve las huellas. Es imposible no verlas. Para ella es imposible.

-Ha estado aquí.- responde.- Al menos, dos personas han estado aquí, y parece que no muy tranquilas.

-¿Alguna idea Utark?- le pregunta Neah en voz baja, y sus otros dos compañeros la clavan en la mirada.

No puede evitar reírse. Le hace mucha gracia que de verdad piensen que alguien podría tener idea de que pasa por la cabeza loca de Malcon.

"Estoy igual que vosotros. No tengo ni idea de donde se puede haber metido, o de porque no enciende el comunicador", quizá no le creen porque mientras gesticula no puede aguantar la risa. Aquellas situaciones con

Malcon siempre lo hacen reír. Dentro de todo al menos le hacen reír.

Sus compañeros asienten con desconfianza, y Cynthia determina que fueran quienes fueran los que estuvieron allí, seguramente huyeron en el aerodeslizador.

-Si este es el punto automático al que te manda la máquina cuando apareces en... ¿Cómo dijo Marie que se llamaba?- dirige la pregunta a Neah, la única capaz de seguir todas las frases de la extravagante ingeniera.

-Arcadius o Arcadia o algo así.- responde ella, que no puede evitar iluminarse al pensar en la joven.- Así se llamaba. Arcadius. O al menos es el nombre del ordenador.

-Pues eso. Si este es el punto en el que apareces en Arcadius, al menos una de estas dos personas debe ser Malcon. Lo que no sabemos es a donde lo ha llevado ese aerodeslizador. Es difícil seguirle el rastro a algo así. Sin embargo...- Cynthia vuelve a entrecerrar los ojos, mirando en la distancia.- Creo que allí hay algo. ¿Una ciudad?- pregunta, poniéndose de puntillas.

Siempre le ha llamado la atención lo bajita que es al joven mercenaria. Se supone que un guardaespaldas debería ser como él. Grande, peligroso, que de miedo. Sin embargo Cynthia parece más una niña a punto de comenzar a desarrollarse, aunque la cara de mala leche la tiene mucho más entrenada que él. Pereciera que su cara se desarrolló a destiempo.

Como sea, todos deciden que debe tener razón, nadie sabe ubicarse en un lugar desconocido mejor que Cynthia, y deciden caminar hacia allí.

El camino trascurre en silencio. No se había dado cuenta nunca de que a pesar de lo sociable que es Neah, se convierte en una persona muy sombría cuando está lejos de Marie y Morg. Debe sentirse como un pez fuera del agua lejos de sus dos personas más queridas de la nave.

A él le da igual estar lejos de Malcon. Se lleva bien con todo el mundo, aunque nadie esté tan acostumbrado como él a que si no lo mira cada cierto tiempo no puede hablar.

Sus compañeros desde luego no se acuerdan de mirarlo, así que está condenado a permanecer todo el camino en silencio, observando cómo Cynthia mira el suelo en busca de algún rastro de vida. Finalmente, alcanzan lo que parece ser una aldea.

-¿Hay personas aquí?- pregunta Neah.- Marie dijo que todos estaban…

"PNJ", deletrea Utark con sus manos. "Personajes no jugador".

-Con que es eso…puro relleno- murmura Cynthia, acercándose a uno de los fríos habitantes de la aldea.- Buenas tardes.- su forma de comunicarse es brusca y torpe. A Utark hasta le parece tierna.- Estamos buscando a un amigo que se ha perdido.- Habla como si realmente hablara con alguien.

-¿Perdido?- responde el hombre de estatura media, pelo castaño, y rostro común.- (rostro común a todos los demás hombres que están dando vueltas sin mucho sentido) ¡Imposible! ¡Nadie puede perderse bajo el ojo del Imperathor! ¡Él todo lo ve! ¡Nos guía en su sabiduría!

Después permanece en silencio, mirando a Cynthia, y tras ver que no hay más interacción, se marcha.

"Definitivamente son PNJ" aclara Utark, sin dejar de reír. -¡Ridículos y descerebrados seres! me ponen definitivamente nervioso.-

-¡Marie!- interrumpe Neah de repente, con al fin un poco de exagerado entusiasmo.- ¡Sí, te recibo!

Segundos después, él también puede oírla en su comunicador. Es una tecnología algo más sofisticada que la que suelen usar en tierra firme. Y aun así a Marie le ha costado al menos una hora conseguir contactarlos.

-Chicos, necesito que busquéis una falla en el sistema. Debe haber algún bug al que podáis conectar lo que os di.

"Ah, sí" piensa Utark, que carga con el enorme aparato en su espalda. No le pesa, claro, porque no lo está cargando de verdad. Lo colocaron en su espalda cuando lo metieron en el extraño aparato aquel, y colocaron su mano sobre el gancho metálico.

Él no lo nota, pero cuando haga el movimiento adecuado y pulse el botón estando en un bug, Marie debería poder acceder al sistema a través de su cerebro. Escalofriante y maquiavélico.

-Sí. Eso haremos.- responde Neah, que parece no haber dejado de sonreír nerviosamente en ningún momento.

-Bien, no perdamos tiempo.

Luego empiezan a buscar. Hablan con los aldeanos, que son todos iguales de imbéciles y de parecidos. Cynthia se fija en el cielo, en los pájaros, en las fuentes, buscando un ciclo. Algo que se repita. Por supuesto, el más versado en videojuegos es el que encuentra el bug.

Quien si no Utark podía dar con él. La situación es cómica hasta la saciedad. Sentado sobre la acera, lo que parece un niño con voz de anciano, repite ante cualquier pregunta que se le haga: "A mí ponme un whisky doble sin hielo, ha sido un día difícil en las minas".

La imagen de aquel infante de no más de cuatro años repitiendo sin sentido aquella frase, con la voz más ronca y desgastada que haya oído nunca, hacen que Utark no pueda parar de reír. Por supuesto, sus espasmos y sonidos entrecortados, hacen que los demás se den cuenta de que lo ha encontrado.

Tras intentar, en vano, aguantar la risa ante el estúpido PNJ, se preparan para tocar el aparato. Utark busca el botón que le han dado, y lo pulsa. Solo siente un cosquilleo en la nuca, mucho menos invasivo de lo que había imaginado.

Segundos después, Marie habla en el comunicador.

-¡Bien hecho! ¡Estoy dentro!

Capítulo 13

-Al principio no era así.- murmura Ayro cuando se quedan a solas.- Todo era… Tranquilo.- murmura.

-¿Y qué es lo que pasó?- inquiere Malcon, impaciente.- ¿Qué son esas enormes bestias?

-Aquel al que Umiee llamó Imperathor, era uno de los políticos asociados al gabinete del presidente de nuestro planeta. Un tipo sin mucha relevancia, nadie sabe cómo consiguió que lo hicieran administrador.- Ayro hace una pausa.- La cosa es que cuando entró aquí, cuando supo todo el poder que tenía, que podía tener, enloqueció.

El plan era simple. Dejaríamos al planeta regenerarse, sin mayor intervención del hombre que la de apartarse. Lo habíamos destrozado. El hombre es un animal incapaz de aprender de sus errores. Eso siempre lo hemos sabido. Por eso existen estos mega planes rehabilitantes.

Existen protocolos para que no volvamos a necesitar abandonar planetas, como pasó con la antigua Terra. Así que se activó. Todos fuimos evacuados masivamente de nuestras casas. Las ciudades fueron destrozadas, y los escombros retirados. Todo se nos impuso casi sin darnos cuenta.

Malcon no puede evitar pensar en lo que vieron. Las ciudades sí fueron destruidas pero… Nadie retiró los escombros.

-Cuando todo volviera a la normalidad, saldríamos y recuperaríamos nuestra vida. Podrían haber pasado cientos de años en nuestra consciencia colectiva, pero ni uno solo por nuestros cuerpos.

Imagina tener dieciséis años por más de cuatro centurias.- sonríe el joven.- Tiene sus ventajas, no lo dudo, pero mi mente está mucho más cansada que mi cuerpo. Sobre todo cuando… El que se hace llamar Imperathor descubrió que podía crear cosas con su mente.

No sabemos si vino antes la avaricia y el miedo o los devoradores. Sea como sea, él los creó.

Las serpientes comenzaron a buscar a los otros cuatro administradores. Una de ellas era U…- Ayro se calla esa palabra antes de que sus labios dibujen la forma de la eme que se intuye.- Yo era su hijo mayor así que lo heredé. Y soy el único que queda. Cuantas más administraciones quedaban libres, mayor era su poder, y el mío.

Pero yo no sé todo sobre esto. No recibí ninguna formación como él. Ni si quiera sé cómo están las cosas fuera… ¿Cómo están? ¿Podemos despertar al fin de esta pesadilla? Algunos valientes salieron a explorar, activamos el protocolo de emergencia cuando aparecieron los devoradores, pero ninguno dio señales de vida después…

-Siento decirte que tu planeta no es habitable. Solo hay una selva y…

-¿Selva? ¿Dónde?- pregunta, incorporándose de repente.

-Alrededor del centro de rehabilitación de la humanidad. Es espesa y enorme. Llena de bestias que no dudarían en…

-Malcon, eso no… no tiene sentido.

El joven (o anciano, depende de cómo se mire), se recuesta contra una de las paredes de piedra de la cueva en la que se encuentran. Según él, el único lugar al que no pueden entrar los devoradores.

-Tenemos que buscar a Umiee. Mis amigos nos sacarán de aquí a los tres. Puede que Plutón 4X94 sea ya cosa del pasado, pero no vuestras vidas Ayro.- le dice Malcon, intentando animarlo.

-Sí. Tienes razón, aunque yo hace rato que me siento muerto.- Debemos ir por ella. Luego activaré el protocolo de emergencia y volveremos. Al menos eso sí que sé hacerlo.

Capítulo 14

En el ordenador central, Marie no puede evitar reírse al escuchar la particularmente contagiosa risa de Neah, y la de los demás. Cuando al fin consiguen entrar en el sistema, y ven la imagen que ellos ven, la risa se generaliza.

La de Morg y Shadow es tímida, pequeña, pero a medida que se extiende entre sus compañeros, toma fuerza. Es Shadow el primero en soltar una auténtica carcajada.

La Capitana Norga, que lleva las dos horas que los jóvenes llevan dentro del sistema sin decir ni una sola palabra, acaba por rendirse a la tensión y se echa a reír también.

Marie no es muy hábil con la socialización, pero juraría que Shadow y Morg sonríen relajados cuando la escuchan reír.

De pronto todos callan. Como si se preguntaran al unísono de que carajos se reían hasta hace segundos. Nadie sabe la respuesta ni como había comenzado. Nervios. Lo que pueden los nervios.

Luego se sientan a su lado, y la obedecen. No tarda demasiado en conseguir descargar los datos del Arcadius, aunque la máquina se resiste.

Cuando tiene todos los datos su rostro deja de relajarse.

-Neah, tenéis que salir de allí. Ya.- dice muy seria, pensando en la joven Neah.

-¿Qué sucede?- pregunta la capitana mientras dentro del sistema su tripulación obedece.

-¿Ves esto?- Marie señala sobre el mapa dos puntos negros que se trasladan en dirección a los cuatro puntos azules que se supone deben representar a sus amigos.- Tienen una especie de comando vigía. Son espías. Sospecho que los ha creado quien sea que controla el sistema desde dentro.

La buena noticia es que eso significa que ha sido incapaz de acceder a los mapas y las localizaciones de los humanos que están dentro del sistema. Sin embargo, ha debido percibir nuestra presencia, y está sobre aviso. Estos personajes tienen como función ser sus ojos. Tienen permiso para conectarse a la mente que conocen como Imperathor.

-Maldito hijo de...- comienza la Capitana Norga.

-¿Y si lo desconectamos desde aquí?- pregunta Shadow.

Marie niega con la cabeza.

-Es como un gran árbol. Su cerebro ha echado raíces dentro de Arcadius. Si lo extraemos sin activar ningún protocolo de evacuación o emergencia, al arrancar el árbol de su mente destrozaremos la realidad en la que todos se encuentran, y no sabemos qué repercusiones podría tener en los chicos que están ahí.

-Entiendo...- murmura Shadow, tomando medidas a la situación a la que se enfrentan.

Marie toca el botón que activa el comunicador, cuando ve que los puntos azules se han alejado lo suficiente de los puntos negros.

-Creo que sé dónde está Malcon. Intentaré daros la información, seguramente el que mejor pueda recibirla sea Utark.- murmura.- Pero intentaré que la tengáis todos.

Sobre la pantalla, lejos de ellos, brillan dos puntos. Uno azul y uno rojo.

Capítulo 15

-¿Dónde está ella?- Malcon no deja pasar ni un solo segundo desde que el relato de Ayro termina hasta la pregunta. No porque no respete el dolor de su pérdida. Si no porque necesita saber dónde está para sacarlos de allí a los dos. Sanos y salvos. Y salir todos ya de ese lugar sin vibra.

-Ella… Es la hija del Imperathor. Debiera estar…

El silencio de Ayro es tenso. Lo mira, como dudando. ¿Duda de decirle dónde está? ¿Es que tan clara ha quedado al temeridad ciega de Malcon en las pocas horas que llevan compartidas? ¿También él va a dudar de sus capacidades? ¿O teme que no sea quien dice? Él mismo ha tenido esas dudas sobre Ayro. Nadie le asegura que no sea una trampa del Imperathor, una forma de capturarlo. Nadie le asegura que no estén aliados, o que puedan leer sus pensamientos. Al fin y al cabo, su cerebro está conectado a aquella realidad virtual. ¿Por qué no podrían? Cosas más raras ha visto. Finalmente el gesto de Ayro se relaja.

-Es la hija de él, así que solo puede estar en un lugar. En su fortaleza. No puedo imaginarme lo que ha debido ser estar encerrada allí. Yo conocía a Umiee y es... - los ojos del chico fulguran unos segundos antes de apagarse. ¿Un amor de la infancia?

Aquel chaval con cuerpo de dieciséis ya ha vivido suficientes años como para recordar con tanta nostalgia en la mirada.- Es una buena chica. No se parece a su padre. Pero si está allí...

-Iremos. Iremos y la sacaremos. Yo iré.- concluye Malcon, sin darle un segundo a sus dudas.

-Malcon no es tan sencillo. El Imperathor no solo ha creado a los devoradores. Arcadius entera está atestada de lacayos. Personajes ennegrecidos que vigilan desde las sombras. Son sus ojos y sus oídos. Si te ven, los devoradores aparecen en cuestión de segundos y ya has visto que solo se pueden neutralizar durante un breve periodo de tiempo. Luego vuelven a la vida. Si un lacayo nos pilla…- su silencio termina de dibujar la imagen.

No sobrevivirían. Eso está claro.- Su fortaleza está lleno de ellos. Seguro que hasta tiene varios vigilándola a ella. Es un suicidio.

-¿Y qué más podemos hacer? ¿Abandonarla a su suerte? Tú mismo lo has dicho. Es buena chica y…

-¿A ti porque te importa tanto?- pregunta Ayro, que parece conservar aun algo de juventud en las venas, combinada con la sabiduría de un sesentón solitario. Extraña mezcla.

-No es que me guste ni nada es solo que…

¿Cómo puedes explicarle a alguien que lleva quien sabe cuantas décadas atrapado en una realidad virtual lo que ocurre en Ceres? ¿Cómo resumes tanto dolor, tanta ira, tanto miedo, en una sola palabra? En una frase. No hay palabras suficientes para que entienda que no soportaría saber que alguien está atrapado y no correr a salvarlo. Así fuera su peor enemigo. Y además…

-¿Por qué se llama a sí mismo de esa manera? ¿Imperathor no significa…?

-Emperador.- termina Ayro.- Son de la familia Imperial. Una rama muy antigua, casi abandonada. Al parecer
su padre se ganó el odio del emperador y los desterró a
Plutón. Ya ves cómo son las cosas. Él ha decidido llamarse…

-¿Los Owen?- interrumpe de nuevo Malcon.

-Sí. ¿Cómo lo sabes?

Cómo olvidarlo. La mano negra del emperador. El
hombre que… Duda mucho que fueran desterrados.
Cuanto más sabe, más duda que todo aquello sea casual.
El nombre, la selva, el centro, la niebla, las bestias, los
cadáveres. Esto es solo una forma más del retorcido poder del imperio. Y encima hay un Owen. No le quedan
dudas.

-Necesito ir a esa fortaleza Ayro. Si no me llevas tú,
iré solo. Pero tengo que sacarla de ahí. Si ella es una
Owen, si no es como él…

-Malcon. Las posibilidades de entrar ahí y salir vivo
son mínimas. No sabría darte una cifra porque…

-¿Cuántos años llevas aquí asustado Ayro?- le vuelve
a interrumpir.

-Demasiados… He perdido la cuenta.- susurra con una mueca rota.

-¿Y no has vivido suficiente como para darte cuenta de que huir nunca es la respuesta? Aquello de lo que huyes, te acabará alcanzando. Antes o temprano. De la forma que menos lo esperes. Te golpeará con el doble de sus fuerzas. Lo sé bien…- esta frase se desliza por los labios de Malcon con un dolor que solo él es capaz de comprender al completo.

-Sí.- responde Ayro.- Dios, estás más loco que nadie que haya conocido nunca Malcon, pero iré contigo. –Mi cerebro tampoco está muy entero.-

Después el joven se levanta, cierra los ojos y el aero-deslizador vuelve a estar ante sus ojos. Alza la mano, y la desliza ante la mirada atónica de Malcon. Según mueve los dedos aparecen, como colgando de cuerdas invisibles, todo tipo de espadas, hachas y pistolas. Son antiguas, rudimentarias, pero protegen más que un puño vacío.

Malcon coge una espada de color rojo intenso, supone que de algún mineral de la zona que Ayro es capaz de emular en aquella realidad, y un par de lo que aparentan ser pistolas láser.

-Bien. Algo es algo. Intentaré protegerte tanto como pueda.

El aerodeslizador se mueve cuando los dos están sobre él, y Malcon no tarda demasiado en visualizar la enorme fortaleza de hierro oscuro que se alza frente a ellos. Tantas torres que podría perfectamente llamarse laberinto. Una ciudadela descomunal, oscura, y claramente peligrosa. Y en alguna de las infinitas ventanas que asoman sobre la fortaleza, debe encontrarse Umiee.

Malcon solo es capaz de materializar un pensamiento. "La salvaré. Los sacaré a los dos de aquí. Esta vez no voy a huir".

Capitulo 16

-Malcon y el administrador se mueven.- anuncia Marie cuando ve cómo los dos puntos se desplazan a toda velocidad.

-¿A dónde se dirigen?- pregunta la capitana acercándose a la pantalla donde ven el raro mapa de Arcadius.

-Pues no lo sé con exactitud pero… si no cambian la trayectoria darán con…- Marie señala una acumulación de puntos negros, un punto azul y otro rojo que relucen en la pantalla.- Creo que aquí debe estar aquel al que llaman Imperathor.

-Este maldito hijo de…- murmura la capitana arreglando su uniforme.- ¡Nunca se le puede confiar nada! ¡Es que lo sabía!- comienza a elevar la voz por enésima vez.- Por todos los astros… ¿Cómo llevas lo de los permisos Marie?

-Casi lo tengo Capitana.- contesta con voz protocolaria, la única adecuada cuando la Capitana Norga comienza a enfadarse.

-Bien. Tendré que entrar en persona para coger del cuello a ese maníaco y arrastrar su culo apestoso hasta la realidad, y te prometo que cuando lo tenga deseará no haber nacido nunca. Maldito desgraciado…- Sin dejar de maldecir comienza a colocarse el comunicador rudimentario que Marie ha preparado, y se dirige hacia una de las cabinas vacías que han reservado para ellos.- Lo mato. A este cabrón yo lo mato.- Los enojos e insultos de la Capitana ya parecen ser más muestras de cariño que otra cosa.

-Menos mal que no ha bebido nada…- murmura Morg por lo bajo a Shadow, que asiente y levanta los hombros.

-Suerte Capitana.- dice en voz alta Shadow cuando la mujer se sienta dentro de la cápsula y pide que le cierren el vidrio para entrar por fin en Arcadius.

-Lo mato.-Dice antes de que el líquido verde invada sus pulmones y la transporte. Este último enojo ahogado parece ser más de nervios que de cariño.

La Capitana Norga aparece en el mismo páramo que los demás. Toca el comunicador, y tras unos segundos de silencio, la voz de Marie resuena en su oído.

-Chicos, la Capitana Norga está ahí dentro con vosotros. Os he conseguido un aerodeslizador, podéis ir a su ubicación y luego…

-Luego vamos a patear el trasero del arrogante loco de Malcon.

Neah se sitúa sobre los mandos.

-¿Qué es esto Marie?- pregunta cuando ve la chatarra enorme que debe hacer andar.

-El Arcadius está cargado con piezas y objetos de su época. Es lo más moderno que he encontrado. Lo siento, deberás hacer que ande. Tengo a Shadow al lado, puede intentar ayudarte si lo necesitas.

Neah no responde. Es una ofensa que piense que no puede hacer despegar aquel cacharro. Ella viene de Neptuno 2X40. Allí son capaces de hacer andar hasta a las cajas de cartón. Además, Shadow no es el único que sabe trucos para pilotar. Por algo ella es la segunda al mando de la Venganza Veloz.

Busca algo que parezca arrancar la máquina, y tras toquetear varios botones y palancas consigue que el motor ruja. Los tres compañeros que la acompañan suben entonces en el aerodeslizador, y consigue que la bestia metálica arranque con un estruendoso rugido.

-¡Sí! ¡Dios cuánto echaba de menos un sonido así!- exclama.

Neptuno 2X40 es uno de los planetas que se conocen como "Chatarreros". Muy cercano a las magnas capitales galácticas, reciben gran cantidad de máquinas que ya no funcionan, e intentan transformarlas en otras cosas. Neah siempre las convertía en cosas que conducir. Su pasión por el pilotaje y la tecnología son muy cercanas, y se lo pasa muy bien destrozando y montando cosas.

Pero el mejor momento de su vida es cuando aquello en lo que ha estado trabajando emite ese rugido. Convierte el aceite de motor, la gasolina y la combustión en ese sonido estridente. Es lo que le hace sentir viva.

El aerodeslizador tiene una pequeña pantalla de la que toma control rápidamente Marie. Automáticamente el mapa de Arcadius se carga en ella y puede ver las dos localizaciones a las que debe ir. Primero, a por el punto azul (irónico que no sea rojo, tal y como debe estar su cara con el enfado), y después al suicidio lleno de puntitos negros al que se dirigen Malcon y el otro administrador. Con la Capitana Norga con ellos, el pobre punto rojo no dudará en activar el protocolo de emergencia en cuanto los vea.

No tarda demasiado en alcanzar a la capitana, que estaba a tan solo una hora al paso. Alcanzar a Malcon le llevará algunos minutos más. Cuando la mujer sube al aerodeslizador, todos se quedan callados, aunque tampoco habían sido muy charlatanes durante el resto del viaje. Ella los mira.

-Así me gusta. Este es el respeto que tenéis que enseñarle a tener a Malcon. Tendré una interesante conversación con él después de esto.- sonríe, y se sienta entre Utark y Ryder.

La Capitana Norga debe medir un metro sesenta. Una altura más que decente para una mujer. Pero al lado de Utark y Ryder, dos hombres corpulentos (el primero mucho más que el segundo), parece bastante pequeña.

Sin embargo, los dos gigantones se tensan al sentir su presencia, y Neah debe aguantarse las ganas de soltar el trapo antes de poner en marcha la máquina a la que los antiguos parecían llamar "aerodeslizador".

122

Capítulo 17

El aerodeslizador se frena con un quejido metálico, agónico. Malcon no se atreve a moverse. Por más que le cueste reconocerlo, tiene miedo. No se escucha ni un alma, tan solo el susurro silbante de las serpientes, que descansan semidormidas en los rincones de la fortaleza de hierro.

Malcon necesita volver a repetirse que todo aquello no es real. -¡No es real!- Que solo es una mente más poderosa engañando a la suya. Una mente a la que ha cedido todo su poder.

-Ya estamos aquí.- incide Ayro, que tampoco parece ser capaz de moverse del lugar. Está completamente inmóvil.

Luego de algunos minutos de silenciosa observación, es Malcon quien consigue reunir el valor necesario para bajar de la máquina, y pisar el suelo metálico que cubre la entrada a la fortaleza. Frente a ellos se yergue un muro formidable de hierro negro.

-¿Cómo vamos a sortearlo?- pregunta Malcon, tomando la real medida de aquella aventura por primera vez desde que escuchó la voz de Umiee.

-Ganchos.- sonríe Ayro, sacando de la nada una cuerda con ganchos.- Veo por tu cara que nunca has usado una de estas. No te preocupes. Entraré y te abriré esa compuerta.- señala a sus espaldas.

El muro parece aún más grande cuando se acercan, también es más fuerte el horrible silbido de las serpientes. Están dentro. Esperándolos. Para devorarlos, para asfixiarlos y que en la cápsula donde ahora están sus cuerpos solo queden cadáveres. Como el resto. Un plan maestro de terror. Si se les cruza un maldito lacayo... Si se encuentran con un lacayo...

-¿Están al otro lado?- pregunta Malcon, mientras Ayro se prepara para lanzar el gancho.

-Sí. Así que más te vale guardar silencio.- susurra el chico, haciendo gestos con las manos para que baje la voz.- Confía en mí. Una vez que estemos al otro lado te lo explicaré todo.

-Ayro, ¿por qué sabes tanto de esta fortaleza? ¿Qué carajos es todo lo que tienes que explicar?

-Todos los administradores tenían acceso. A mi madre nunca...- la voz se le quiebra un poco al pronunciar esa palabra.- Nunca le gustó, pero a mí me parecía una pasada. Como si estuviera en un videojuego. Ojalá no hubiera acabado todo de esta manera.- Carraspea la voz, intentando alejar la tristeza.- Ahora escóndete y espera junto a la compuerta que te he señalado. Te abriré antes de que me eches de menos.

-Ayro, no veo ninguna compuerta.- responde, sinceramente preocupado por la cordura de su compañero.

-Confía en mí. Tú solo ponte allí, y espérame.- El joven señala un punto de la gran muralla, justo al lado de un árbol que parece empezar a formar hojas nuevas después de un invierno cruel.

Malcon simplemente asiente, y se dirige al punto de control que el joven le ha marcado. No puede evitar agudizar al máximo el oído. El silencio está tan tenso que podría cortarlo con la espada que lleva atada a su cintura.

El árbol frente a él se inclina suavemente cuando el viento lo mece, y parece acompañar los silbidos de las serpientes. Se obliga a respirar. Debe relajarse. El aire se para cuándo lo escucha. Dos pasos. Cuatro. Cada vez más rápidos. Sobre la fortaleza, unos pasos corren en su dirección. Los silbidos aumentan. Se crispan, haciendo que el bello de su cuerpo se erice.

Busca con la mirada a Ayro, pero ya no está. ¿Son sus pisadas? ¿Está él dentro de la muralla? Luego, un chillido desgarrador. No lo ha visto, pero escucha como la sangre se derrama contra el suelo, siente el gorgoteo de una garganta, y como los devoradores pierden el control, y silban con más fuerza sedienta de sangre. ¿Ha sido Ayro? ¿Ha caído? ¿Si es así…?

Una mano lo sujeta con fuerza desde atrás, y tapa su boca y su nariz con fuerzas. ¿Es así como acaba? No. Se remueve. Mueve los brazos y las piernas tan rápido como puede, intentando liberarse de la presa que lo sujeta. Finalmente, la voz de Ayro susurra en su oído.

-Sssh, idiota, vas a hacer que te descubran.

Todo ocurre muy rápido en la mente de Malcon. Primero, se tranquiliza. Es Ayro. Está a salvo. Luego analiza la frase. "Que te descubran. ¿Solo a mí?". Mira a Ayro en busca de una mirada tranquilizadora, pero todo lo que encuentra es otra vez esa mueca rota.

-Me ha visto, uno de los lacayos del Imperathor me ha visto. Pero no pasa nada. No te han visto a ti. Yo… Si muero, lo haré asesinándolo. Con su muerte, Umiee recibirá la administración y podréis huir. Es la única oportunidad que tenéis para huir.- deja de mirar a Malcon, y este no sabe si es para ocultar la rabia, la tristeza o el miedo.- Cuando la veas… Recuérdale mi nombre. Dile que… Lamento mucho no haberme atrevido nunca a decirle que me gustaba.

Luego corre, sin dar tiempo a Malcon de decir nada, porque grita. Al joven traductor solo le da tiempo a esconderse, sin ser capaz de decir nada. Ve como Ayro corre, y escucha a las serpientes, silbando tras sus pasos. Cuando, segundos después, deja de oírlas, sus piernas le piden huir. Correr a toda velocidad de allí. Y es lo que hace. Corre tan rápido como puede. Tan rápido como sus pulmones le permiten.

Capítulo 18

Cuando llegan las puertas están abiertas.

-No puede ser tan fácil. - murmura Ryder, absolutamente siempre desconfiado, así es su inevitable naturaleza.

-Por supuesto que no. Pero recuerda que Malcon está ahí dentro. Cualquier cosa es posible con ese mocoso de por medio.- la Capitana Norga escupe sus palabras. Sigue cabreada, pero ahora también tiene miedo.

No por ella. Por su equipo. No puede perder a nadie más. Ha estado muy cerca de perder a Shadow. Pero no puede perder a nadie más. Tienen que ser capaces de resistir. De aguantar, de salir a salvo de allí.

-Bien, pues vamos allá.- Concluye Cynthia, que parece desnuda sin sus habituales armas. La imagen de Cynthia desnuda es perturbadora, una imagen en la que no conviene estacionarse demasiado.

El aire frío ahora esta gélido, y se escuchan silbidos de serpientes por doquier. Si solo son la mitad de letales que las bestias que han encontrado en el planeta donde se encuentran, están perdidos.

-Será mejor que las evitemos…- susurra Neah, escuchando las instrucciones de Marie al oído.- Seguidme.

Cuando cruzan el enorme portón que los separa del interior del castillo escuchan las armas. Una pistola láser resuena en la distancia, y después una espada.

-¡Malcon!- grita la Capitana Norga.

Comienza a correr. Tanto como puede. Porque a pesar de que sea un mocoso maleducado no se merece morir en un lugar así. Se merece morir en casa, con sus manos alrededor de su garganta. Pero no allí. No solo. No siendo un estúpido y arrogante héroe. No.

Corre tanto como puede y cuando llegan y ven la cabellera rubia de un joven mucho más joven que Malcon huyendo de los golpes de una serpiente gigante, no puede evitar sentir alivio.

Luego los ve. Utark y Cynthia no dudan ni un segundo y se lanzan con palos y piedras a ayudar al joven. Unos segundos después, la enorme serpiente reposa junto a los demás cadáveres de reptiles.

-¿Sois amigos de Malcon?- pregunta el chico, llevándose una mano al costado. Parece que le han dado un golpe.

-¡El administrador! Ayro Dunkang- exclama Neah al reconocer su cara de lo que Marie pudo enseñarle a través de la pantalla desvencijada del aerodeslizador.

-Sí… ¿Cómo sabéis eso? ¿Habéis podido hablar con él?- murmura Ayro. Cuando levanta su mano para echarse hacia atrás el pelo, lo ven. Tiene la piel negra. Completamente negra y marmolada.

-Eso… ¿Es normal…?- murmura Ryder, dando un paso hacia atrás.

El joven parece tambalearse.

-Le han mordido.- contesta Neah reproduciendo las palabras de Marie.- Esas cosas… No son parte de la simulación. Son… como un virus y…

-¡Ya vuelven!- grita Ayro aturdido.- ¡Debemos pelear!

Alza la mano y frente a ellos se abre aquel extraño armario invisible donde guarda el armamento disponible. Utark, Cynthia y Ryder no dudan.

"Lo necesitamos vivo para salir de aquí" señala Utark. "Lo cuidaremos. Vosotras traed vivo a Malcon y a la chica, por favor acabemos con esto de una vez".

En su rostro ya no hay vestigio de la risa nerviosa, tan característica de Utark como la cabezonería de Malcon. Esa imagen consigue conmover a la Capitana Norga, que comienza a correr.

-¡Dinos a donde!- grita Neah a Marie, mientras a su espalda los silbidos de las serpientes vuelven a hacerse cada vez más poderosos. Tenebrosamente poderosos.

Unos cuantos giros a la derecha.

-¡Lo tengo! ¡Lo tengo!- exclama Marie al oído de sus compañeros.- ¡Puedo sacaros de allí sin ayuda de ningún administrador!

Vuelven a girar a la izquierda. El pasillo es enorme.

-Me alegro. Porque no sé si este chico…- responde Ryder, que interrumpe su comentario para esquivar un golpe.- No sé cuánto va a durar.

Los silbidos se hacen más fuertes, sus pasos también. De nuevo a la derecha. La Capitana Norga lo memoriza. Quiere poder salir de allí tan rápido como están entrando.

-Lo único que necesitáis es que el sistema no os detecte. No comáis ni bebáis nada, ni dejéis que unos señores con aspecto de mayordomo os vean. Si lo hacen, el Imperathor os tendrá bajo su control y no podré hacer nada.- aclara Marie.

Neah es quien abre la marcha, la guía a toda velocidad por los pasillos de la fortaleza oscura.

-¡De acuerdo!- contesta Neah.

Dos giros más, solo dos más y lo alcanzarán. Alcanzarán al maldito punto azul extraviado. Y está con alguien más. ¡La ha encontrado! ¡Ha encontrado a la chica! Cuando realizan el último giro lo ven. De espaldas, sobre el suelo, Malcon levanta el cuerpo de la chica a la que todos vieron en las pantallas de la nave horas antes.

-¡Malcon! ¡Tenemos que irnos!- grita la Capitana Norga cuando lo ve.

-Chicos.- susurra Marie a su oído.- A ella… Ella está en el sistema… Ella no puede…

-Ella no puede venir.- termina de decir la Capitana Norga en voz alta.

-¡¿Cómo?!- Malcon la mira con enfado en los ojos, sin siquiera tener tiempo a saludarla.- ¡¿Pero qué dices?! ¡¿Después de todo lo que he vivido?!

-Marie puede sacarnos pero… Ella está en el sistema Malcon, es muy peligroso.

-¡Ayro nos sacará!- el cuerpo de la chica comienza a resbalarse entre sus brazos, que tiemblan de rabia.- ¡Él puede hacerlo!

-Ese chico… Lo han mordido las serpientes. Son un virus y no podrá…

-¡Podrá! ¡Sé que podrá! ¡Confío en él!- deja el cuerpo de Umiee sobre la cama blanca en la que estaba descansando cuando él llegó. Un cuarto blanco, sospechosamente claro, sin más que una cama y una mesa llena de manzanas. Realmente parece la princesa de un cuento. Demasiado blanco entre tanta oscuridad.

-Malcon. Es una maldita orden. Deja a esa chica y ven conmigo ahora mismo.- La Capitana Norga no grita. Ya no es necesario. Su rostro se ha llenado de autoridad.

Malcon la mira, piensa unos segundos, y finalmente avanza hacia la mesa donde descansan las manzanas.

-Yo confío en Ayro. Un maldito virus no podrá con él. Nos sacará de aquí. Y tú tendrás que confiar también en él. No te queda otra.- dicho esto, coge una de las manzanas y la aprieta contra sus labios. El fruto se rompe bajo sus dientes, y siente el sabor ácido en la lengua, como si fuera real.

-¡No!- exclama a la vez la Capitana Norga.

Pero es tarde. Antes de que puedan darse cuenta, la habitación de Umiee se ha llenado de lacayos que los observan. Miles de ojos grandes y oscuros, que los miran desde todos los lugares. Luego, una risa se apodera de todo, una nauseabunda risotada que crece y crece… hasta que no queda nada.

Capítulo 19

No queda nada. Así es. Tras morder la manzana, todo el mobiliario, las paredes, los muros, los pasillos, las puertas, las ventanas… Todo desaparece.

Todo se desvanece de una manera veloz y lenta a la vez. Solo quedan ellos, sus amigos que siguen peleando contra las serpientes, y una figura oscura, completamente oscura, que sonríe desde el otro lado del vacío espacio.

Otra vez esa nauseabunda risotada, solo que ahora es débil. Está sentado sobre un trono rojo, y sus ojos son casi imperceptibles. Están fundidos en su piel, que parece una sombra. La sombra del imperio, que incluso en aquel recóndito lugar les hace temblar.

Cierra los ojos. O el ojo, no se llega a ver bien. Respira, o jadea, no se llega a escuchar bien. Y cuando vuelve a abrirlo o abrirlos, quiere ver. Se nota el esfuerzo. Ver de verdad.

A unos veinte metros, Utark, Cynthia y Ryder pelean contra las serpientes que ya no parecen tan letales, casi como si peleasen sólo por inercia. El cuerpo de Ayro descansa sobre el suelo. La mitad de su rostro es otra sombra, como la que tiene delante, pero marmolada. Una sombra oscura contra la que el joven pelea entre gritos y alaridos de dolor.

A su lado, Umiee descansa sobre el único mueble que ha permanecido. Una cama, alta y firme, como una vidriera. Para exponerla. Como si fuera una pieza de coleccionista, un trofeo, la princesa de papá. La futura emperatriz.

Su aspecto es contradictorio, parece de familia imperial, aunque es extrañamente simple. Su rostro, que se retuerce en intentos por despertar (o por seguir durmiendo), no se parece en nada al de la realeza.

Al otro lado, la Capitana Norga y Neah tiemblan. Nunca las ha visto así. Son dos de las personas más valientes que ha conocido en su corta vida, y sin embargo…

"Creen que van a morir. No confían en mí. Ni en Ayro", comprende. "Les demostraré que se equivocan."

Sobre su cintura aún descansa la espada que Ayro le dio. "Todavía puedo pelear", piensa, mientras empuña el arma. "Pero esas serpientes de mierda no son mi objetivo, no".

Luego hecha a correr. Corre como antes, incluso más rápido. Aunque es difícil medir las distancias en este lugar, las distancias y los tiempos. El atletismo nunca ha sido lo suyo, y esa noche lamentará haberse sobrepasado de aquella manera, pero lo lamentará desde su cama, y con todos los allí presentes sanos y salvos. Todos menos...

Corre tanto que por un momento cree que va a vomitar (aunque nunca haya visto la apariencia de un vomito virtual). Pero se mantiene firme. La espada le pesa en las manos. Nunca ha sido bueno con esas cosas. Está cada vez más cerca. Nota las miradas tras de sí, mirándolo, preguntándose si será capaz de hacer lo que nadie ha sido capaz de hacer nunca. Matar a un emperador.

-¡Aquí acaba tu imperio maldito!- grita cuando está suficientemente cerca como para saltar hacia el pecho desprotegido del emperador.

El tiempo se congela. Lo ve a cámara lenta. Lo entiende demasiado tarde. El tenebroso individuo no se mueve. "No se ha movido un centímetro. No ha huido. Eso solo puede significar…" La espada lo atraviesa. Su piel oscura, como una sombra, se retuerce levemente. La sangre, negra, borbotea de su estómago, pero en el rostro del anciano solo se dibuja una mueca irónica. Es anciano. No tanto como el señor Ki, pero anciano al fin y al cabo.

-No puede…

-Idiota.- la voz sale de la sombra como si fueran mil serpientes al mismo tiempo.- No se puede matar a un Imperathor, ¿es que no has aprendido nada? ¿Te crees más capaz que el resto de los que lo han intentado? ¿Qué tienes tú que no hayan tenido ellos?

Los brazos del hombre siguen quietos, pero su sombra no. Como si se tratasen de serpientes, pequeñas y oscuras, su sombra se proyecta hacia él y lo sujeta. Su cuerpo se eleva unos centímetros del suelo, y lo apresa allí. No puede moverse. No porque el terror visceral que siente lo haya paralizado por completo, que también, sino porque las sombres serpentinas lo aprietan con fuerza.

-Si no lo hago yo…- dice cómo puede.- Lo hará otro. Quizá tu hija. Ella no quiere estar aquí.

-¿Qué sabes tú de ella?- el ojo o los ojos del hombre se abren con fuerza. Desde aquella distancia casi puede ver el color marrón, humano, que se esconden tras el negro profundo que lo observa.

"¿Es eso lo que te hace bajar la guardia? ¿Una chica bonita? Al final no vamos a ser tan diferentes tú y yo", piensa mientras intenta sonreír.

-Sé que…- le cuesta hablar. No le queda mucho tiempo hasta que la falta de oxígeno acabe por hacerle imposible hablar.- Da igual cuanto poder tengas. Nunca conseguirás someter el alma humana. Nunca tendrás tanto poder como para impedirnos soñar. Por eso ella me ha encontrado a mí. Porque puedes matarme, pero nunca detendrás mi voluntad. Es mucho más fuerte y poderosa que tú. Ahora, y siempre.

Los brazos del extraño hombre tiritan, la sangre sigue cayendo y su cuerpo convulsiona durante unos segundos, recién ahora se lo puede ver bien.

Es calvo, su cara está como partida, una mitad parece muerta, cadavérica, podrida. De pronto su lado muerto se torna verde, un verde frio y granítico que cala los huesos del miedo. La otra parte, la aun humana, se vuelve roja, encendida, es un rojo pétreo y perturbador.

La imagen sería aterradora de no ser por ese único ojo, ese ojo marrón que aun brilla, ese ojo que de alguna manera impone más misericordia que miedo.

-Má…tame… Mátame… Y… Llévatela…- la voz es solo un hilo fino entre mil serpientes.- Esto es… por él… Él las… envío… Protégela de él…

Un Emperador solo muere por suicidio. Por matarse… o dejarse matar.

Pero no consigue terminar de decir nada. El brillo se extingue y los colores se empalidecen.

No puede preguntarle quien es él. De quien debe proteger a Umiee, porque las sombras vuelven a apretarlo. Intenta mover su mano hacia la pistola que reposa sobre su cadera. Si la coge antes de que le falte el oxígeno, antes de que deje de poder mover sus manos, todo lo que ha dicho será real. Será tan inmortal como su rabia ciega. Acabará con él, y luego con el otro emperador. Con el de verdad. Con el que quemó hasta las cenizas Ceres 789.

Pero las manos le tiemblan. La carrera, el miedo, la falta de oxígeno, la conmoción. No sabe cuál de todas las razones hace que sus manos no reaccionen, pero sabe que es el final. Ha perdido la batalla. Aquella bestia acabará por engullirlo.

La boca del hombre se abre como si se tratase de las fauces de un león, mucho más de lo que un humano podría hacerlo. Tal vez su último aliento tenga el hedor de la muerte ajena.

La piel se le congela, vuelve a marearse. Es la segunda vez que le hacen rogar por un poco de oxígeno, la segunda que los pulmones se le llenan de la ardiente necesidad de un poco de aire. Ante sus ojos, las figuras de sus amigos se difuminan. Ya no están peleando. Perecen correr hacia él, pero están detenidos en ese extraño tiempo y espacio.

No hay rastros de serpientes, ni de lacayos. Se ha rendido. A pesar de que él deberá entregar su vida a cambio, el Imperathor se ha rendido. Se está dejando morir y parece llevárselo consigo a su putrefacta tumba.

Todo se ha ido. Solo quedan ellos, Umiee y… No lo ve venir. La sombra aparece a su espalda, y corta rápidamente el agarre que lo sujeta en el aire. Su cuerpo cae contra el suelo sin cuidado, y siente vuelve a sentir el dolor que conlleva rellenar sus pulmones.

El dolor de la caída queda en tercer o cuarto plano. Todo lo que importa está delante de él. Ayro tiene el rostro negro. Casi por completo. Como el Imperathor lo tenía antes. Pero sonríe, extrañamente sonríe.

-Tienes razón amigo mío. Nunca conseguirán doblegar nuestra voluntad. No mientras aún quede un alma humana.

Su cuerpo tiembla. Se transforma. Sus partes parecen como desencajarse. El negro marmolado invade su cuerpo entero y de repente, lo que tiene ante él ya no es Ayro, sino un devorador. Una serpiente oscura, gigante, que comienza a envolver a aquel hombre al que ya no sabe nombrar. ¿Es él o el virus? ¿Fue antes el hombre o el monstruo? ¿Antes la enfermedad o la avaricia? ¿O fue el miedo? Ese perverso miedo que cuando crece se hace ingobernable.

Es un misterio. Un secreto más atrapado en la jungla de aquel planeta devastado. Lo que puede asegurar es que el cuerpo entero de aquel anciano entra dentro de las fauces de Ayro, y desaparece. No le da tiempo a retroceder asustado antes de que todo desaparezca.

Se encuentran en la completa oscuridad. Como cuando están en la pantalla de carga de un juego. Como cuando vio a Umiee por primera vez. ¡Umiee! La recuerda de golpe, y se arrastra sobre el suelo a la velocidad que puede, entre huyendo de la serpiente en la que se ha transformado Ayro, y corriendo a ver si la chica se encuentra bien. Pero antes de alcanzar a nadie, un enorme resplandor aparece tras él. Ayro vuelve a ser el chico de siempre. Sonríe. Y junto a él, mueve su mano.

Sus ojos ya no pueden dar crédito de nada. Ya no es posible distinguir real de virtual, o siquiera presente de pasado. Está demasiado aturdido.

-Protocolo de emergencia, activado.

Lo siguiente que ve es la luz del centro de rehabilitación para humanos, y el rostro dormido de Umiee a su lado.

Capítulo 20

-¡Tenéis que venir! ¡Cómo no vais a hacerlo!

Es Utark quien sujeta a Malcon del uniforme y lo arrastra junto al resto de la tripulación, dando espacio a Ayro para hablar con la joven, que despierta con dificultad.

En la vida real son mucho menos deslumbrantes que en Arcadius. Aunque… La piel de Ayro es extraña. A simple vista parece el chico normal que conocieron en la realidad virtual, pero cuando la luz lo toca directamente… Sobre sus brazos y su rostro relucen pequeñas escamas. Cuando Malcon lo ve, no puede dejar de pensar en la serpiente que devoró al Imperathor. ¿Era él?

-¿Quién te ha dado permiso para invitarlos a venir con nosotros?- pregunta la Capitana Norga, que parece estar pensando en mil maneras de asesinarlo desde que salieron del ordenador.

-De todas formas- interrumpe Morg, que interviene de forma súbita y sin precedentes en la conversación.-, tú nunca habrías sido capaz de dejarlos aquí. Sabes que no sobrevivirían.

Malcon juraría que ha visto como la Capitana Norga se sonroja, apartando la mirada rápidamente del chico que sonríe a su lado. ¡Morg sonriendo! ¡Morg siendo humano! No se puede creer la cantidad de cosas que está viendo en aquel día tan tan largo. Mierda que fue largo este día.

-Además- continúa.- ¡La chica es una Owen!- la sonrisa de Malcon es enorme, gigante, soberbia, cuando la Capitana Norga abre los ojos como plato y lo mira.

-Malcon con esto no se jode, si me estás mintiendo…

-¿Cuándo te he mentido yo?- pregunta Malcon.

-¡¿Qué cuando me has mentido tú maldito…?!

-¡No empecéis otra vez con esas preguntas!- interrumpe Shadow, que no puede evitar reír de forma débil y
cansada.

-Tienes razón.- concluye la Capitana Norga.- No tiene sentido discutir sobre la integridad de este mocoso
maleducado.

-¡Oye!- larga Malcon, que no encuentra defensa alguna para la causa y solo se queda en el ¡Oye!

Utark no puede hacer más que alegrarse. Por unos
segundos, cuando lo vio frente a aquel hombre, cuando
las sombras lo ahogaban… Pensaba que moriría. Que
aquellas escenas formarían parte de su pasado. Que nunca
podría volver a disfrutar de las aventuras y las tonterías de
Malcon. ¿Había algo dentro de él que no había notado
hasta ahora?

No lo sabía. Pero no quiere perder a Malcon nunca
más. Eso está claro. Y no puede evitar el alivio de saber
que están a salvo, que todo ha acabado. Al menos, por
ahora. Todavía deben volver a la nave.

-Los días en este planeta no duran demasiado. Si no
queremos cruzar en medio de la noche o pasarla aquí…-
cualquiera de las dos ideas hacen que la tripulación entera
rechine de agobio.- Deberíamos irnos.- sonríe Marie.

-Solo falta vuestra respuesta.- murmura Neah mirando a las espaldas de Malcon y Utark.

Ayro, sujetando la mano de Umiee, caminando ambos con cierta dificultad, se acercan a ellos.

-No queremos molestaros más de lo que ya hemos hecho.- sonríe el chico. -Estamos demasiado agradecidos con que hayáis salvado nuestra vida, pero no podemos pediros que carguéis con nosotros en este estado.-

-¡Ayro! ¿Cómo puedes decir eso después de todo lo que…?- comienza a rezongar Malcon.

-¿Este siempre interrumpe así?- sonríe Ayro.- Así que,- continúa con una sonrisa enorme en el rostro. Es una sonrisa de adulto en la boca de un niño.- Os alegrará saber que el centro de rehabilitación para la humanidad cuenta con vehículos de emergencia que nos llevarán rápidamente a vuestra nave. Si nos aceptáis, nos encantaría viajar con vosotros.

-¡Pues no se hable más!- concluye Malcon.

-¡Qué la nave no es tuya!- o algo parecido gritan al unísono Shadow, Ryder y Morg, que parecen mirarlo con rabia y agotamiento.

-Bueno, bueno. ¡Pero Norga ya ha dado su permiso!-continua moviendo la mano, como quitándole peso al asunto.

-¡Capitana Norga para ti! ¡Y vas a pasarte el resto de tu vida fregando la cubierta de la nave!- grita mientras se lanza para golpear su cabeza.

-¡Pero si tenemos robots de limpieza!- Malcon huye de su ataque.

-¡Pues lo limpias otra vez!- la Capitana Norga lo persigue.

-¿Estos siempre son así?- le pregunta Ayro a Utark.

El chico asiente. Pero no sonríe. Ha visto el brazo de Ayro. Es negro. Aún. Vio en lo que se convirtió. Vio lo que hizo. Vio que engulló a un Emperador. Y no se le va a olvidar tan pronto.

Epilogo

-¿**C**rees que el soplo de Malcon es cierto?- le pregunta Morg cuando vuelven a estar a solas.- ¿Es una Owen?

-No lo sé… Pero si es cierto y…

-¿Esta caja no es para cualquier persona, verdad?

El objeto vuelve a estar ante ellos, enfriando el ambiente. Es tan frío que corta. Más frío que las devoradoras, que la selva, que la mitad muerta del Imperathor, que el miedo. Es el frío que guarda un objeto capaz de cambiarlo todo. Como todo podría cambiarlo una verdadera Owen si estaría viva.

-No. Es para ellas.

-¿Las hermanas de Ceres?- pregunta Morg.

Su voz se congela, no por el frío. Si no por el miedo. Ha oído hablar de ellas. No son rebeldes. Son terroristas. Mujeres sin alma, a las que el sistema ha convertido en bombas humanas. No tienen nada que perder, y son letales en cualquier enfrentamiento. Si esto que llevan es para ellas… Morg retrocede.

-¿Por qué? Tú no negociabas con ellas. Con ellas no.- inquiere Morg.

-Las cosas han cambiado.- sentencia la Capitana Norga.- No nos queda mucho tiempo. Es hora de mojarnos. Es hora de inclinar la balanza. Hay sombras en todos lados Morg, mires donde mires ahí están las sombras del imperio.

-Capitana.- la voz que los sorprende a las espaldas es desconocida para ellos. Al fin y al cabo, solo la han oído una vez, y no estaban del todo seguros de que fuera real.

Umiee viste un camisón casi transparente. Su cuerpo es de una potente belleza, su exuberancia es tan profunda como exótica. Perece desplazarse sin entender el tremendo erotismo que provoca. Su mirada suave pero exacta demuestra estar mucho más allá de todo esto.

-Umiee.- responde Norga, con la voz cargada de intenciones.

-Lo siento. Siento mucho invadir vuestro espacio y…

Morg ha intentado interponerse entre la joven y la caja oscura, que aún permanece destapada, sobre el suelo, congelándolo todo. Es inútil. La temperatura en aquella sala es irrisoria, y la chica se da cuenta de su intento torpe de disimular. La ve. La ve, y sus ojos palidecen.

-¿Sabéis lo que estáis haciendo?- pregunta, y de su voz dulce ya no queda nada. Todo es frialdad, dureza, temor.

-Es un asunto priv…

-Esa caja. Esa… Cosa. Es…- la siguiente palabra la dice en su idioma. Malcon no está ahí para traducirla, pero su voz lo dice todo.- Praedor.

Morg vuelve a adelantarse e intenta hacer que la chica se gire, que se vaya de allí. Porque ella no debería saber lo que es. No debería.

-Si lo utilizáis, el destino del planeta en el que implosione será el mismo que el de Plutón 4X94. Él tenía una de esas. Una praedor. Y…

-¿Él?- esta vez es Norga quien pregunta.

-El emperador.

Su voz se hace eco en la sala. Un eco mórbido de sombras imperiales.

Solo quedan dos silencios, dos miradas que buscan una respuesta, un grito ahogado en la boca de Umiee, y el frío. El frío de la caja negra que continúa allí, mirándolos.

EDICIONES C. CERPA

¡Esperamos que hayas disfrutado la lectura!

Envíanos tus comentarios:

ediciones.cerpa@gmail.com

¡Desde ya Muchas Gracias!

www.ingramcontent.com/pod-product-compliance
Lightning Source LLC
Chambersburg PA
CBHW031316160726
47993CB00001B/435